QINGSHAONIAN
XIHUANKAN DE
XIAOYUAN XIAOGUSHI

青少年喜欢看的

校园小故事

本书编写组◎编

世界图书出版公司

广州·北京·上海·西安

图书在版编目（CIP）数据

青少年喜欢看的校园小故事／《青少年喜欢看的校园小故事》编写组编．—广州：广东世界图书出版公司，2010.7（2024.2 重印）

ISBN 978 - 7 - 5100 - 2529 - 7

Ⅰ．①青… Ⅱ．①青… Ⅲ．①故事 - 作品集 - 世界 Ⅳ．①I14

中国版本图书馆 CIP 数据核字（2010）第 147791 号

书　　名	青少年喜欢看的校园小故事	
	QING SHAO NIAN XI HUAN KAN DE XIAO YUAN XIAO GU SHI	
编　　者	《青少年喜欢看的校园小故事》编写组	
责任编辑	张梦婕	
装帧设计	三棵树设计工作组	
出版发行	世界图书出版有限公司　世界图书出版广东有限公司	
地　　址	广州市海珠区新港西路大江冲 25 号	
邮　　编	510300	
电　　话	020-84452179	
网　　址	http://www.gdst.com.cn	
邮　　箱	wpc_gdst@163.com	
经　　销	新华书店	
印　　刷	唐山富达印务有限公司	
开　　本	787mm×1092mm　1/16	
印　　张	13	
字　　数	160 千字	
版　　次	2010 年 7 月第 1 版　2024 年 2 月第 10 次印刷	
国际书号	ISBN　978-7-5100-2529-7	
定　　价	49.80 元	

前　言

　　一粒沙子可以看出一个世界，一棵小草可以包含世间情感，一滴露珠能反射出五彩斑斓的色彩，一则小故事则能蕴涵无数生命的真谛。

　　沙子本没有生命，它们存在这个世界，无声，无臭，无痛，它们却是真实的世界；小草本没有感情，它们存在这个世界，有色，有动，有轮回，它们渺小却宁静祥和；露珠本没有色彩，它们存在这个世界，圆润，晶莹，透明，它们却将阳光照出了七种色彩；而故事，故事里有生命，故事里有感情，故事里也有色彩，故事就是一切有生命和无生命的存在所经历的一小段喜怒哀乐。这喜怒哀乐与我们息息相关，因为每一个故事总蕴涵了一个大道理，让我们的心灵颤动，让我们受益匪浅。

　　本书收集了上百篇故事，有关于励志的，有充满哲理的，有发生在普通人身上的，也有发生在名人身上的。故事里有成功和失败，有快乐和苦难，感动和希望。虽然这些故事都已经成为过去，但却传递着永恒的智慧。当我们浸润在故事里时，就会多感受一分苦难，多经历一道磨炼，多一种体验，多一分感动，就会使我们的人生更丰富、更坚定、更充实、更有意义。当我们跌倒时，我们就能更坚强地站起来；当我们彷徨时，我们也能更坚定地做出抉择。希望读者能从故事中找到一根智慧的指挥棒，从此改变自己、改变命运、改变生活，用一颗更加智慧的心去面对生活，开创美好的明天。

中小学生课间十分钟阅读系列丛书

　　　　　　　　　　　　　　　　　　　　　　编　者

目 录

励志小故事

智慧小故事

中小学生课间十分钟阅读系列丛书

创新小故事

成功小故事

真情小故事

哲理小故事

中小学生课间十分钟阅读系列丛书

发明小故事

名人小故事

励志小故事

栽种希望的树苗

一个小男孩认为自己是世界上最不幸的孩子，脊髓灰质炎给他留下了一条瘸腿和一嘴参差不齐的牙齿。因此，他很少与同学们游戏和玩耍，老师叫他回答问题时，他也总是低着头一言不发。

在一个平常的春天，小男孩的父亲从邻居家讨了些树苗，他想把它们栽在房前院子里。他叫孩子们每人栽一棵，父亲说，谁栽的树苗长得最好，就给谁买一件最好的礼物。小男孩也想得到父亲的礼物，但看到兄妹们蹦蹦跳跳提水浇树的身影，不知怎么地，他竟然萌生出这样一种想法：希望自己栽的那棵树早日死去。因此，浇过一两次水后，他就再也没有去管它。

几天后，小男孩再去看他种的那棵树时，惊奇地发现它不仅没有枯萎，而且还长出了几片新叶子，与兄妹们种的树相比，似乎更

中小学生课间十分钟阅读系列丛书

显得嫩绿、有生气。父亲兑现了他的诺言，为小男孩买了一件他最喜爱的礼物。父亲对他说，从他栽的树来看，他长大后一定能成为一个出色的植物学家。从那以后，小男孩就对生活有了美好的憧憬，慢慢地变得乐观开朗起来。

一天晚上，小男孩躺在床上睡不着，看着窗外明亮皎洁的月光，忽然想起生物老师曾说过的话：植物一般都在晚上生长。何不去看看自己种的那棵小树是不是在长高？当他轻手轻脚来到院子时，看见父亲正用勺子在给自己栽的树苗浇水。顿时，明白了，原来父亲一直在偷偷护育着自己的那棵小树！他返回房间，禁不住泪流满面……

几十年过去了，那个瘸腿的小男孩没有成为一个植物学家，但他却成了美国总统。他的名字叫富兰克林·罗斯福。

■心灵感悟

人生像需要不停浇灌的树苗一样，在面对自卑、困境、绝望时，也需要鼓励的言语去灌溉我们的心灵，那样我们才能充满希望地前行。

❖ 不要跌倒在优势上

有三个旅行者早上出门时，一个旅行者带了一把伞，另一个旅行者拿了一根拐杖，第三个旅行者什么也没有拿。

晚上归来，拿伞的旅行者淋得浑身是水，拿拐杖的旅行者跌得满身是伤，而第三个旅行者却安然无恙。于是，前两个旅行者很纳闷，问第三个旅行者："你怎么没有事呢？"第三个旅行者问拿伞的旅行者："为什么你淋湿了而没有摔伤呢？"拿伞的旅行者说："下雨的时候，我很高兴有先见之明，撑开伞在雨中大胆地走，衣服还是湿了不少；泥泞难行的地方，因为我没有拐杖，所以小心翼翼，就没有跌跤。"然后，他又问拿拐杖的旅行者："你为什么没有淋湿而摔伤了呢？"拿拐杖的说："下雨的时候，我因为没有雨伞，便找能躲雨的地方，所以没有淋湿；当我走在泥泞坎坷的路上时，我便用拐杖拄着走，却不知为什么常常跌跤。"第三个旅行者听后笑笑说："这就是为什么你们拿伞的淋湿了，拿拐杖的跌伤了，而我却安然无恙的原因。当大雨来时我躲着走，当路不好时我细心地走，所以我没有淋湿也没有跌伤。你们的失误就在于你们有凭借的优势，有了优势便少了忧患。"

■ 心灵感悟

　　许多时候，我们不是跌倒在自己的缺陷上，而是跌倒在自己的优势上。因为缺陷常常给我们以提醒，让我们保持冷静，并不断总结自己该注意的事情。

❖ 把缺点转化成优势

　　曾长期担任菲律宾外长的罗慕洛穿上鞋时身高只有 1.63 米。原先，他与其他人一样，为自己的身材而自惭形秽。年轻时，也穿过高跟鞋，但这种方法终令他不舒服，精神上的不舒服。他感觉是在自欺欺人，于是便把它扔了。后来，在他的一生中，他的许多成就却与他的"矮"有关，也就是说，"矮"倒促使他成功。以至他说出这样的话："但愿我生生世世都做矮子。"

　　1935 年，大多数的美国人尚不知道罗慕洛为何许人。那时，他应邀到圣母大学接受荣誉学位，并且发表演讲。那天，高大的罗斯福总统也是演讲人，事后，他笑吟吟地怪罗慕洛"抢了美国总统的风头"。更值得回味的是，1945年，联合国创立会议在旧金山举行。罗慕洛以无足轻重的菲律宾代表团团长身份，应邀发表演说。讲台差不多和他一般高。等大家静下来，罗慕洛庄严地说出一句："我们就把这个会场当作最后的战场吧。"这时，全场登时寂然，接着爆发出一阵掌声。最后，他以"维护尊严、言辞和思想比枪炮更有力量……唯一牢不可破的防线是互助互谅的防线"结束演讲时，全场响起了暴风雨般的掌声。后来，他分析道：如果大个子说这番话，听众可能客客气气地鼓一下掌，但菲律宾那时离独立还有一年，自己又是矮子，由他来说，就有意想不到的效果，从那天起，小小的菲律宾在联合国中就被各国当作资格十足的国家了。

由这件事，罗慕洛认为矮子比高个子有着天赋的优势。矮子起初总被人轻视，后来，有了表现，别人就觉得出乎意料，不由得佩服起来，在人们的心目中，成就就格外出色，以致平常的事一经他手，就似乎成了破石惊天之举。

心灵感悟

其实缺点并不可怕，当我们把缺点转化成优点时，成功一样离我们很近。有时，缺点甚至能在人的自信乐观中发挥出意想不到的作用，引领我们取得成功。

一招赢得冠军

有一个10岁的小男孩，在一次车祸中失去了左臂，但是他很想学柔道。

最终小男孩拜一位日本柔道大师为师，开始学习柔道。他学得不错，可是练了 3 个月，师傅只教了他一招，小男孩有点弄不懂了。

他终于忍不住问师傅："我是不是应该再学学其他招？"

师傅回答说："不错，你的确只会一招，但你只需要这一招就够了。"

小男孩并不是很明白，但他很相信师傅，于是就继续照着练了下去。

几个月后，师傅第一次带小男孩去参加比赛。小男孩自己都没有想到居然轻轻松松地赢了前两轮。第三轮稍微有点儿艰难，但是对手还是很快变得有些急躁，连连进攻，小男孩敏捷地施展出自己的那一招，又赢了。就这样小男孩糊里糊涂地进入了决赛。

决赛的对手比小男孩高大、强壮许多，也似乎更有经验。小男孩显得有点招架不住，裁判担心小男孩会受伤，就叫了暂停，还打算就此终止比赛，然而师傅不答应，坚持说："继续下去。"

比赛重新开始后，对手放松了警惕，小男孩又使出他的那一招，制服了对手，赢得了比赛，获得了冠军。

回家的路上，小男孩和师傅一起回顾每场比赛的每一个细节，小男孩鼓起勇气道出了心里的疑问："师傅，我怎么凭这一招就赢得了冠军？"

师傅答道："有两个原因：第一，你几乎掌握了柔道中最难的一招；第二，据我所知，对付这一招唯一的办法是对手抓住你的左臂。"

■ 心灵感悟

善于利用自身缺陷的人往往能出奇制胜，因为别人容易轻

中小学生课间十分钟阅读系列丛书

视你的缺点。所以不要害怕自己身上有缺点，只要能正确认识自身缺陷，就能不断创造奇迹。

◆ 送 花

生活的真谛并不神秘，幸福的源泉大家也知道，只是常常忘了，于是这才觉得有点奥妙。

这个故事是一个守墓人的亲身经历。一连好几年，这位守墓人每星期都收到一个不相识的妇人的来信，信里附着钞票，要他每周给她儿子的墓地放一束鲜花。

后来有一天，他们照面了。那天，一辆小车开来停在公墓大门口，司机匆匆来到守墓人的小屋，说："夫人在停在门口的车上，她病得走不动，请你去一下。"

一位上了年纪的妇人坐在车上，表情有几分高贵，但眼神哀伤，毫无光彩。她怀抱着一大束鲜花。

"我就是亚当夫人。"她说，"这几年我每个礼拜给你寄钱……"

"买花。"守墓人答道。

"对，给我儿子。"

"我一次也没忘了放花，夫人。"

"今天我亲自来，"亚当夫人温和地说，"因为医生说，我活不了几个礼拜。死了倒好，活着也没意思了。我只是想再看一眼我儿子，亲手来放一些花。"

守墓人眨巴着眼睛，苦笑了一下，决定再讲几句："我说，夫人，这几年您常寄钱来买花，我总觉得可惜。"

"可惜？"

"鲜花搁在那儿，几天就干了。没人闻，没人看，太可惜了！"

"你真的这么想？""是的，夫人，你别见怪。我是想起来自己常去医院、孤儿院，那儿的人可爱花了。他们爱看花，爱闻花。那儿都是活人，可这墓地里哪个活着。"

老夫人没有作声。她只是小坐了一会儿，默默地祷告了一阵，没留话便走了。守墓人后悔自己一番话太率直、太欠考虑，这会使她受不了的。

可是几个月后，这位老妇人又忽然来访，把守墓人惊得目瞪口呆：她这回是自己开车来的。

"我把花都给那儿的人们了。"她友好地向守墓人微笑着，"你说得对，他们看到花可高兴了，这真叫我快活！我的病好转了，医生不明白是怎么回事，可是我自己明白，因为我觉得活着还有些用处。"

心灵感悟

人生总有值得我们期盼的事情，对生命充满希望的人，快乐其实很简单。为他人的快乐而活着更显示出生命的可贵。

❖ 一个贫穷的小提琴手

在繁华的纽约街头，曾经发生了这样一件震撼人心的事情。星期五的傍晚，一个贫穷的年轻艺人像往常一样站在地铁站口，专心致志地拉着他的小提琴，琴声优美动听。虽然人们都急急忙忙地赶着回家过周末，还是有很多人情不自禁地放慢了脚步，时不时还会有一些人在年轻艺人前面的礼帽里放一些钱。

第二天黄昏，年轻的艺人又像往常一样准时来到地铁站口，把他的礼帽摘下来很优雅地放在地上。和以往不同的是，他还从包里拿出一张大纸，然后很认真地铺在地上，四周还用自备的小石块压上。做完这一切以后，他调试好小提琴，又开始了演奏，声音似乎比以前更动听、更悠扬。

不久，年轻的小提琴手周围站满了人，人们都被铺在地上的那张大纸上的字吸引了，有的甚至还踮起脚尖看。上面写着："昨天傍晚，有一位叫乔治·桑的先生错将一份很重要的东西放在我的礼帽里了，请您速来认领。"

人们看了之后议论纷纷，都想知道是一份什么样的东西，有的人甚至还等在一边想看个究竟。过了半小时左右，一位中年男人急急忙忙跑过来，拨开人群就冲到小提琴手面前，抓住他的肩膀语无伦次地说："啊！是您呀，您真的来了，我就知道您是个诚实的人，您一定会来的。"

年轻的小提琴手冷静地问："您是乔治·桑先生吗？"

那人连忙点头。小提琴手又问："您遗落了什么东西吗？"

那个先生说："奖票，奖票。"

小提琴手从怀里掏出一张奖票，上面还醒目地写着一个人的名字——乔治·桑，小提琴手举着彩票问："是这张吗？"

乔治·桑迅速地点点头，抢过奖票吻了一下，然后抱着小提琴手兴奋地转了两圈。

事情原来是这样的：乔治·桑是一家公司的小职员，他前些日子买了一张奖票，昨天上午开奖，他得知自己中了 50 万美元的奖金。昨天下班，他心情很好，觉得音乐也特别美妙，于是就从钱包里掏出 50 美元，放了礼帽里，可是不小心把奖票也扔了进去。小提琴手是一名艺术学院的学生，本来打算去维也纳进修，已经订好了机票，时间就在今天上午，可是他昨天晚上整理东西时发现了这张价值50万美元的奖票，想到失主会来找，于是改签了机票，又准时来到每天拉琴的地铁站。

后来，有人问小提琴手："你当时那么需要一笔学费，为了赚够这笔学费，你不得不每天到地铁站拉小提琴，可你为什么不把那50万美元的奖票留下呢？"

小提琴手说："虽然我没钱，但我活得很快乐；假如没了诚信，那我一天也不会开心的。"

■心灵感悟

人生最大的富有在于真诚地对待每一件事情，那些真正属于我们自己的东西才能让我们快乐地享有。

❖ 归还金项链

在德国的一个小镇吴婆塔，住着一个穷织工。人们从来没听过他发牢骚，无论碰到什么愁苦烦恼，他总是说："嗨，上帝会帮忙的！"

有一次，他的老板告诉他："嗨，德比，等你织完了手头的这一匹布，就没有多少活儿可干了，你得等到6个月以后呢。"

德比听后很难过，他想：上帝啊！我该怎么把这事跟妻子说呢，6个月可是相当长的时间啊！

回到家里，他不得不把这个坏消息告诉了妻子，他的妻子哭了起来："我们没钱的话，拿什么给孩子们买吃的和穿的呀！"

德比很着急，却不得不安慰着妻子，可此时他还能有什么好说的呢，他只能说："嗨，上帝会帮忙的！"说完之后，便悄悄地溜出了家门，免得看见妻子伤心。

街上有几个孩子正在玩，德比站在一旁，看他们用棍子拨弄一只死乌鸦。他想：可怜的鸟儿，它是怎么死的呢？

孩子们散了以后，德比走过去，蹲下观察那只死鸟。咦，他发现死鸟的喉咙里好像有什么东西，鼓鼓的。他用随身携带的小刀在死鸟的喉咙里一搅，然后拖出来一看，嗨！原来是一条漂亮的金项链！他拿起项链揣进荷包，一路小跑来到村里的珠宝店，德比问珠宝商："您知道这项链是谁的吗？"

"哦，我知道！这是雪莉太太的。"天啊！雪莉太太不就是他老板的妻子吗？德比先生马上跑到老板家，去交还项链。

德比的老板晚上回到家里，听到妻子说起德比的行为，说："我绝不会让这么诚实的人失去工作的。"第二天，老板找到德比说："你从现在开始就回来工作吧，这是你的回报，我总是用得上一个诚实的人的。"

德比又有工作了，他的妻子和孩子们不再担忧没有食物吃，没有衣服穿，一家人快快乐乐地过着每一天。

■心灵感悟

诚实也许会让我们失去一笔唾手可得的昂贵财富，但诚实的价值比财富更可贵，它能换得别人的尊重与厚待，也能换得长久的信任。

生命需要赞美

艾迪是个性格孤僻，不求上进，不讨人喜欢的小男孩。他总是穿着脏兮兮、皱巴巴的衣服，头发从来都不梳理，一张脸上毫无表情，两只眼睛也像玻璃球似的，呆滞无光。他的眼神总不能集中，上课的时候总是走神。每次当他的老师珍妮小姐和他说话时，他总是用最简单的两个词"是"或者"不是"来回答。

虽然，老师们常说他们对待自己的每一个学生都是一视同仁，都给予了相同的爱。但是，就连珍妮小姐都觉得艾迪是个不讨人喜欢的小男孩，而对他缺少关心。

圣诞节的时候，珍妮小姐收到了许多礼物，其中就有艾迪送的，那是一个用印着花纹的褐色包装纸包起来的盒子。盒子外面的缎带上写着："送给珍妮小姐"。

当珍妮小姐打开盒子的时候，有两件东西从里面掉了出来，那是一对普通的手镯，另外一件是一瓶廉价的香水。

其他同学见状，不禁议论纷纷，他们嘲笑艾迪送如此可笑的礼物给美丽的珍妮小姐。但是，珍妮小姐马上戴上了这对手镯，并洒了一些香水在手腕上。然后，她伸出手臂让学生们闻了闻，并问："怎么样？这香水是不是很好闻，很香啊？"

刚才的嘲笑声没有了。这时珍妮小姐注意到，艾迪脸上露出了一丝难得一见的微笑。

那天放学以后，大家都走了，只剩下艾迪。他缓慢地走到珍妮小姐身旁，轻声说："珍妮小姐，我妈妈的手镯戴在您的手上真的很漂亮。我很高兴您能喜欢我送的礼物。"

看着艾迪渐渐走远的背影，珍妮小姐忽然感到眼眶有些湿润了，她为自己以前对艾迪的做法感到非常内疚。

圣诞节之后，珍妮小姐简直就像是换了一个人，像一个美丽的天使。她帮助所有的孩子，特别是那些愚钝的学生，尤其是艾迪。

终于，在那一学期结束的时候，艾迪的学习成绩赶上了大多数同学，甚至还超过了一些人。

"没有教不好的学生，只有不会教的老师。"珍妮小姐想起了这句话。

心灵感悟

赞美的话能让人走出自卑，让人变得自信满满，甚至改变人的一生。不妨多说些赞美别人的话吧，因为我们同别人一样也需要赞美。

❖ 和大师一模一样

一位热爱音乐的年轻人，在音乐创作的道路上摸索了许久，进步却很小。他经常怀疑自己是否有音乐天赋，对未来前途感到十分迷茫。为此，他去拜访了大作曲家柏辽兹，希望这位大师能为他指点迷津。

年轻人演奏了一首自己创作的曲子后，诚恳地问："柏辽兹先生，您认为我适合从事音乐创作吗？"

柏辽兹听他弹奏的时候就已经做出了判断，这个年轻人的演奏很熟练，却缺少某种灵气，很显然，他对音乐的理解还停留在很浅的层次，而且不懂得将技巧和灵感自然地融合在一起。一个学过多年音乐创作的人，仅仅达到这个水准，显然是缺少天赋的。因此，柏辽兹坦率地说："年轻人，我毫不隐瞒地对你说，你根本没有音乐才能。我之所以这么快对你下结论，是为了让你趁早放弃，另寻出路，免得浪费时间。"

这个年轻一听，觉得大师的话正好证实了自己的疑惑。他大失所望，带着羞愧不安的心情起身告辞。

看着年轻人失落的背影消失在门口，柏辽兹感到有些懊悔，他觉得自己的话对这个年轻人的自尊心和自信心是一个很大的打击。再说，纵然一个人的天赋有欠缺，但他可以用勤奋来弥补，即使达不到极高的境界，也会有所作为的，为什么要叫人家放弃呢？因此，他决定采取补救措施，唤起青年人的自信。

柏辽兹打开窗户，看见那个青年人正垂头丧气地走在街道上。他从窗口探出头，叫住青年人说："我不改变刚才对你的评价。但是，我有必要补充一句：大师们当年对我也是这么说的。记住，你和我当年一模一样，是的，一模一样！"

青年人听后，顿时精神振奋，重新树起了信心。多年后，他经过刻苦努力，终于成为一个知名的作曲家。

心灵感悟

一句赞美的话往往能让人从困顿中重新站起来。天赋固然重要，后天的努力却一样能使执著于理想的人最终获得成功。

中小学生课间十分钟阅读系列丛书

◆◆ 真正的勇敢

艾瑞斯的妈妈生病了，她的脸色苍白，在床上无力地呻吟着。吃完饭，艾瑞斯对妈妈说："从今天开始就让我洗碗吧，我已经12岁了，是个大人了，不能再让你照顾我了。"妈妈感动得眼睛里闪动着泪花。

为了帮助母亲，艾瑞斯一放学就回家，再也不在学校里和同学们玩雪橇了。尽管他很想玩，但他知道自己应该回家，妈妈还病着呢。

有一天，几个淘气的男孩子偷偷跟在他后面，他们想看看他到底在家干什么。他们从靠近厨房的窗户看见艾瑞斯正在桌子旁洗碗。

第二天，所有的男孩子都来"问候"艾瑞斯："嗨，洗盘子的滋味怎么样？那个花围裙你穿起来很漂亮嘛。哈哈！"

艾瑞斯并不缺乏勇气，当时他真想冲上去狠狠地把那个说话的孩子给揍一顿。但他想到了妈妈对自己说的话，"要做一个真正勇敢的人"。

"如果靠打架来证明勇敢，那不是真正的勇敢。"他在心里想。于是他静静地走开了，什么话也没有说。身后，那些孩子还在那里嘲笑他。

一天深夜，呼喊声把艾瑞斯从梦中惊醒。"着火了！着火了！"巴顿先生家乱成了一团。他急忙冲了下去，看看自己能不能帮上什么忙。巴顿先生和太太都出去了，只有两个年幼的孩子在屋里。大风让火势飞快地蔓延，人们很难靠近。

艾瑞斯认识那两个孩子，他们都还小，在这样的情况下，如果没有人帮助的话是肯定不能安全出来的。消防队还没有来，可是不能再等了，否则一切将不可挽回。

救人是第一位的，艾瑞斯几乎没有思考就冲了进去。

他曾去过巴顿先生的家，说不定能找到那两个孩子。

艾瑞斯顺着梯子爬了上去，很快他就在二楼房间的床底下找到了那两个孩子，把他们带到阳台上，下面的人将他们接了下去，艾瑞斯也跟着下去了。刚到地面上，二楼的房子就"轰"的一声坍塌了。

当艾瑞斯的同学知道了这件事后，他们再也不取笑他了，因为他们从艾瑞斯身上看到了什么才是真正的勇敢。

■心灵感悟

做一个真正勇敢的人可以让人对你刮目相看，更能赢得别人的赞美与尊重。但真正的勇敢并不是逞一时之能，而是用于对别人的真诚帮助。

中小学生课间十分钟阅读系列丛书

◆ 你也在井里吗

有一天某个农夫的一头驴子，不小心掉进了一口枯井里。农夫绞尽脑汁想救出驴子，但几个小时过去了，驴子还在井里痛苦地哀嚎着。

最后，这位农夫决定放弃，他想这头驴子年纪大了，不值得大费周章去把它救出来，不过无论如何，这口井还是得填起来。于是农夫便请来左邻右舍帮忙一起将井中的驴子埋了，以免除它的痛苦。

农夫的邻居们人手一把铲子，开始将泥土铲进枯井中。当这头驴子了解到自己的处境时，刚开始哭得很凄惨。但出人意料的是，一会儿之后这头驴子就安静下来了。农夫好奇地探头往井底一看，出现在眼前的景象令他大吃一惊：

当铲进井里的泥土落在驴子的背部时，驴子的反应令人称奇——它将泥土抖落在一旁，然后站到铲进的泥土堆上面。

就这样，驴子将大家铲倒在它身上的泥土全数抖落在井底，然后再站上去。很快地，这头驴子便得意地上升到井口，然后在众人惊讶的表情中快步地跑开了。

■心灵感悟

人生必须渡过递流才能走向更高的层次，最重要的是要永远看得起自己。就像故事中的驴子一样，点滴的努力终会摆脱眼前的困苦。

 ## 冲破束缚你的茧

一个小孩，相貌丑陋，说话口吃，而且因为疾病导致左脸局部麻痹，嘴角畸形，讲话时嘴巴总是歪向一边，还有一只耳朵什么都听不见。

为了矫正自己的口吃，这孩子模仿古代一位有名的演说家，嘴里含着小石子讲话。看着嘴巴和舌头被石子磨烂的儿子，母亲心疼地抱着他流着眼泪说："不要练了，妈妈一辈子陪着你。"懂事的孩子替妈妈擦着眼泪说："妈妈，书上说，每一只漂亮的蝴蝶，都是自己冲破束缚它的茧之后才变成的。我要做一只美丽的蝴蝶。"

后来，他能流利地讲话了。因为他的勤奋和善良，他中学毕业时，不仅取得了优异成绩，还获得了良好的人缘。

1993年10月，他参加全国总理大选。他的对手居心叵测地利用电视广告夸张他的脸部缺陷，然后写上这样的广告词："你要这样的人来当你的总理吗？"但是，这种极不道德的、带有人格侮辱的攻击招致大部分选民的愤怒和谴责。他的成长经历被人们知道后，赢得了选民极大的同情和尊敬。他所提出的"我要带领国家和人民成为一只美丽的蝴蝶"的竞选口号，使他以高票当选为总理，并在1997年再次获胜，连任总理。人们亲切地称他是"蝴蝶总理"。他就是加拿大第一位连任两届的总理让·克雷蒂安。

■心灵感悟

有些东西我们的确无法改变，比如低微的门第、丑陋的相貌等等；但有些东西则人人都可以选择，比如自尊、自信、毅力、勇气等，它们是帮助我们冲破限制我们发展的"命运之茧"的利剑。

❖ 瞎子的秘方

从前，有这么一个故事，一老一小两个相依为命的瞎子，每日里靠弹琴卖艺维持生活。

一天老瞎子终于支撑不住，病倒了，他自知不久将离开人世，便把小瞎子叫到床头，紧紧拉着小瞎子的手，吃力地说："孩子，我这里有个秘方，这个秘方可以使你重见光明。我把它藏在琴里面了，但你千万记住，你必须在弹断第一千根琴弦的时候才能把它取出来，否则，你是不会看见光明的。"小瞎子流着眼泪答应了师父。老瞎子含笑离去。

一天又一天，一年又一年，小瞎子用心记着师父的遗嘱，不停地弹啊弹，将一根根弹断的琴弦收藏着，铭记在心。当他弹断第一千根琴弦的时候，当年那个弱不禁风的少年小瞎子已到垂暮之年，变成一位饱经沧桑的老人。他按捺不住内心的喜悦，双手颤抖着，慢慢地打开琴盒，取出秘方。

然而，别人告诉他，那是一张白纸，上面什么都没有。泪水滴落在纸上，他笑了。

老瞎子骗了小瞎子？

这位过去的小瞎子，也就是如今的老瞎子，拿着一张什么都没有的白纸，为什么反倒笑了？

就在拿出"秘方"的那一瞬间，他突然明白了师父的用心，虽然是一张白纸，但却是一个没有写字的秘方，一个难以窃取的秘方。只有他，从小到老弹断一千根琴弦后，才能领悟这无字秘方的真谛。

那秘方是希望之光，是在漫漫无边的黑暗摸索与苦难煎熬中，师父为他点燃的一盏希望的灯。倘若没有它，他或许早就会被黑暗吞没，或许早就已在苦难中倒下。

就是因为有这么一盏希望的灯的支撑，他才坚持弹断了一千根琴弦。

他渴望见到光明，并坚定不移地相信，黑暗不是永远，只要永不放弃努力，黑暗过去，就会是无限光明……

心灵感悟

希望就像一泉甘露，浇灌着我们时常干涸的心灵。充满希望的旅程，能冲破一切困难险阻，最终达到成功的彼岸。

千万不要忘了自己是谁

剑桥大学的一位德高望重的老教授，在又一批学生临近毕业时，忽然患了眼疾，自称失明了。非常敬仰他的学生们纷纷前来看望他，他问每一个来看望他的学生："你是谁？告诉我你究竟是谁？从什么地方来？学什么专业？小时候幻想干什么？毕业后准备到什么地方去？将来准备做什么……"

同学们感到老教授在眼睛失明之后居然这样关心他们，都很感动，就把各自的具体情况和想法如实地告诉老教授。老教授一边听一边连连点头，不时地说着："好"、"很好"、"再说一遍"、"你很了解自己了"、"你目标明确，好好实践吧"之类的话。

与同学们分手时，他又一一握着同学们的手，异常亲切而语重心长地说："我知道你是谁了！不过，今后的漫长岁月里，你千万不要忘了自己是谁啊！"有的同学感觉怪怪的，偷偷地对其他同学说："老人家的眼睛一瞎，思维也好像不太清晰了，有些唠叨了。"

谁知，在学生们毕业离校的前一天，老教授的眼睛又"奇迹般的"好了、复明了。他在送别会上对同学们说："在我双目失明、意志消沉的时候，是同学们的关怀和激励让我重又心明眼亮了！我也给那些曾经看望我的同学精心制作了一件礼品——我们的谈话录音。在今后的人生旅程中，当你们失意的时候、迷茫的时候、不知所措的时候，就听听这盘录音带吧……"

直到这时，同学们才真正领悟到老教授的良苦用心。

中小学生课间十分钟阅读系列丛书

心灵感悟

正确的自我认识在人生的任何阶段都非常重要，只有明确了自己的现实状况和目标，我们的人生道路才会走得更从容坚定。

❖ 我会输给很多人

一位作家的寓所附近有一个卖油面的小摊子。一次，这位作家带孩子散步路过，看到生意极好，所有的椅子都坐满了人。

作家和孩子驻足围观，只见卖面的小贩把油面放进烫面用的竹捞子里，一把塞一个，仅在刹那之间就塞了十几把，然后他把叠成长串的竹捞子放进锅里烫。

接着他又以迅雷不及掩耳的速度，将十几个碗一字排开，放作料、盐、味精等，随后他捞面、加汤，做好十几碗面前后竟没有用到 5 分钟，而且还边煮边与顾客聊着天。

作家和孩子都看呆了。

在他们从面摊离开的时候，孩子突然抬起头来说："爸爸，我猜如果你和卖面的比赛卖面，你一定输！"

对于孩子突如其来的一句话，作家莞尔一笑，并且立即坦然承认，自己一定输给卖面的人。作家说："不只会输，而且会输得很惨。我在这世界上是会输给很多人的。"

他们在豆浆店里看伙计揉面做油条，看油条在锅中胀大而充满神奇的美感，作家就对孩子说："爸爸比不上炸油条的人。"

他们在饺子饭馆，看见一个伙计包饺子如同变魔术一样，动作轻快，双手一捏，个个饺子大小如一，晶莹剔透，作家又对孩子说："爸爸比不上包饺子的人。"

■心灵感悟

　　每个人都有自己所擅长的和不擅长的一面，所以要常常看到别人的长处，清楚自己的短处，才不会因为自己在某方面不如别人而苦恼。

❖ 你能行的

　　萨克是日本某市的居民。在十几岁的时候，她就常常憧憬自己有朝一日能够去美国，她说："我脑际中常常出现这样一幅画面：父亲坐在客厅中央看报，母亲在忙着烘烤糕点，他们 19 岁的女儿正在精心打扮，准备和男友一块儿去看电影。"

　　萨克终于能够在加州完成她的大学学业。当她到那里时，她发现那里与她梦想中的世界却大相径庭。"人们为各种各样的麻烦事所困扰，他们看上去紧张而压抑，"她说，"我感到孤独极了。"

　　最让她感到头痛的课程之一是体育课。"我们打排球。其他的学生都打得很棒，可我不行。"一天下午，教师示意萨克将球传给队员，以便让她们接受扣球训练。最简单不过的一件事却让萨克胆怯了。她担心失败后将遭到队友的嘲笑。这时，一个年轻人大概体会到了她的心境。"他走上来对我小声说：'来，你能行的！'你也许永远都不能体会到这短短的一句话多么令我振奋，四个字：你能行的。我几乎快感动得哭出声来。我整节课都在传球，也许是为了感激那个年轻人，我自己也说不清。"萨克说。

中小学生课间十分钟阅读系列丛书

6 年过去了。萨克已有 27 岁，她又回到了日本，当起了推销员。"我从未忘记过这句话，"她说，"每当我感到胆怯时，我便会想起它——你能行的。"她确信那个青年一定不知道他的那简单的一句话对她来说意味着什么。

"他也许根本就不记得了。"

她此后一直在日本，然而她始终记得这么一句话：你能行的。

■心灵感悟

信念是人生征途中的一颗明珠，既能在阳光下熠熠发亮，也能在黑夜里闪闪发光。充分相信自己，你就会变得强大起来。

 ## 一颗糖的诱惑

一个寂静的午后，美国得克萨斯州的一个镇小学一个班的十几名学生，被老师带到了校长室旁边的一间很大的空房里。玻璃窗明晃晃的耀眼，鸟儿飞过的痕迹也能看得清清楚楚，正当学生们强按住内心的好奇，凝神等待着将要发生的一切时，老师领着一个陌生的中年男子走了进来。

他一脸和蔼地来到孩子们中间，给每个人都发了一粒包装十分精美的糖果，并告诉他们："这糖果属于你的，可以随时吃掉，但如果谁能坚持等我回来以后再吃，那就会得到两粒同样的糖果作为奖励。"说完，他和老师一起转身离开了房间。

等待是漫长的，许诺是遥远的，而那颗糖果却真真切切地摆在每个孩子的面前。

时间一分一秒地过去了。这颗糖果对孩子们的诱惑也越来越大，伴随着窗外苹果花的芬芳，这种诱惑几乎不可抗拒。

有一个孩子剥掉了精美的糖纸，把糖放进嘴里并发出"啧啧"的声音。受他的影响，有几个孩子忍不住了，纷纷剥开了精美的糖纸。但仍有一半以上的孩子在千方百计地控制着自己，一直等到那陌生人回来。那是一个比暑假还漫长的40分钟。但陌生人最终实现了自己的承诺，那些付出等待的孩子得到了应有的奖励。

事实上，这是一次叫做"延迟满足"的心理实验。后来，那个陌生人跟踪这些孩子整整20年。他发现，能够"延迟满足"的学生，数学、语文的成绩要比那些熬不住的学生平均高出20分。参加工作后，他们从来不在困难面前低头，总是能走出困境并获得成功。

■ 心灵感悟

生活中总是充满了这样或那样的诱惑，在诱惑面前不为所动的人总有一颗坚韧的心去面对困境，这样的人获得成功的几率会大很多。

◆ 攀登了那些高山之后

在英国伦敦，有一位名叫斯尔曼的残疾青年，他的一条腿患上了慢性肌肉萎缩症，连走路都很困难，可他凭着坚强的毅力和信念，创造了一次又一次令人瞩目的壮举：

19岁时，他登上了世界最高峰珠穆朗玛峰；21岁时，他登上了阿尔卑斯山；22岁时，他登上了乞力马扎罗山；28岁时，他登上了世界上所有著名的高山……

然而，就在他28岁这年的秋天，却突然在寓所里自杀了。

功成名就的他，为什么会选择自杀呢？有记者了解到，在他11岁时，他的父母在攀登乞力马扎罗山时不幸遭遇雪崩双双遇难。父母临行前，留给了年幼的斯尔曼一份遗嘱，希望他能像父母一样，一座接一座地登上世界著名的高山。

年幼的斯尔曼把父母的遗嘱作为他人生奋斗的目标，当他全部实现这些目标的时候，感到了前所未有的无奈和绝望。

在自杀现场，人们看到了斯尔曼留下的痛苦遗言："这些年来，作为一个残疾人创造了那么多征服世界著名高山的壮举，那都是父母的遗嘱给了我生活的信念。如今，当我攀登了那些高山之后，我感到无事可做了……"

斯尔曼因失去人生的目标，而失去了人生的全部。

■ 心灵感悟

生命的意义，就在于有崇高的追求。在实现自我价值的过程中，要不断调整和提升人生的目标，充满挑战的人生才充满意义。

◆ 坐在生活的前排

有一次在课堂上，教授问大家道："世界第一高峰是哪座山？"如此小儿科的问题大家都不屑一答，仅用最低的分贝附和：珠穆朗玛峰。谁知教授紧接着追问："世界第二高峰呢？"这下，大家可傻眼了，有人争辩道："书上好像没有见过！"教授不置一词，再问："那么，第一个进入太空的人是谁？"不料，此次没有人敢回答了。不是忘记了加加林，而是因为大家都知道教授的下个问题，痛苦的是不知道第二个人是谁。教授转过身，在黑板上飞快写下了一行字："屈居第二与默默无闻毫无区别"！

教授接着陈述了他的一项实验结论。12年前，教授曾要求他的学生毫无顺序地进入一个宽敞的大礼堂，并独自找个座位坐下。反复几次后，教授发现有的学生总爱坐前排，有的学生则盲目随意，四处都坐，还有一些学生似乎特别钟情于后面的位置，教授分别记下了他们的名字。

10年后，教授对他们的调查结果显示：爱坐在前排的学生，成功的比率高出其他两类学生很多。

 心灵感悟

积极向上的心态十分重要。努力站在最前列、力争上游的人常常能够取得杰出的成就。在漫长的人生中，一定要永争第一，积极坐在前排！

◆ 5分钟5分钟地去练习

卡尔·华尔德曾经是美国近代诗人、小说家和出色的钢琴家爱尔斯金的钢琴教师。有一天，他给爱尔斯金上课的时候，忽然问他："你每天要练习多长时间钢琴？"

爱尔斯金说："大约每天三四个小时。"

"你每次练习，时间都很长吗？是不是有个把钟头的时间？"

"我想这样才好。"

"不，不要这样！"卡尔说，"你长大以后，每天不会有长时间的空闲的。你可以养成习惯，一有空闲就几分钟几分钟地练习。比如在你上学以前或在午饭以后，或在工作的休息闲余，5 分钟 5 分钟地去练习。把小的练习时间分散在一天里面，如此弹钢琴就成了你日常生活中的一部分了。"

14 岁的爱尔斯金对卡尔的忠告未加注意，但后来回想起来真是至理名言，而后他得到了不可限量的益处。

当爱尔斯金在哥伦比亚大学教书的时候，他想兼职从事创作。可是上课、看卷子、开会等事情把他白天和晚上的时间完全占满了。差不多有两个年头，他不曾动笔写一字，他的借口是"没有时间"。后来，他突然想起了卡尔·华尔德先生告诉他的话。到了下一个星期，他就把卡尔的话实践起来。只要有 5 分钟左右的空闲时间，他就坐下来写作 100 字或短短的几行。

出乎意料，在那个星期的终了，爱尔斯金竟写出了相当多的稿子。

后来，他用同样积少成多的方法，创作长篇小说。爱尔斯金的授课工作虽一天比一天繁重，但是每天仍有许多可供利用的短短闲余。他同时还练习钢琴，发现每天小小的间歇时间，足够他从事创作与弹琴两项工作。

■心灵感悟

生活，永远不会只按你所要求的形式出现，学习与创造都是如此。而一个有理想的人只要不辞辛苦，默默地积累、勤恳地耕耘，就一定能看到自己渴望看到的风景，摘到那挂在高处的累累硕果。

智慧小故事

❖ 延长自己的线

老师走进教室，用粉笔在黑板上画了一根线，然后说："谁能在不动这根线的基础上，让这根线变短一些？"

学生们冥思苦想，一个个都皱起了眉头。

"既要把这根线变短，又不能动这根线，这怎么可能？"

"除非上帝亲自来，他能把那根线变短！"调皮的杰克笑着说。

"不用上帝亲自来，你们每个人都能做到！"老师说。

"我们都能做到？"孩子们有些纳闷。

"是的，你们每个人都能做到！"说着，老师转身用粉笔在黑板上画了一条更长的线，然后问学生："现在看起来，原来的那根线是不是短了呢？"

"是呀！这真是有意思。"孩子们说。

中小学生课间十分钟阅读系列丛书

"记住，让别的线变短的方法就是变长自己的线！"老师语重心长地说。

■ 心灵感悟

解决问题的方法有很多，所以不能把思想局限在一个方面。灵活地看待问题，采用灵活的方法，问题往往迎刃而解。有时，我们无法改变客观环境，何不试着改变自己呢？

❖ 爱因斯坦的智慧

爱因斯坦从小爱动脑筋，他常常想人之不敢想，为人之不敢为。

有一天，爱因斯坦正在津津有味地阅读一本书。而爸爸却要他把一张刚买来的油画挂到墙上去。他心不在焉地将梯子靠在墙上，拎着油画，自己爬上梯子，由于他的心思还在书本上，不小心从梯子上摔了下来，屁股跌得生疼。忽然他眼前一亮：人从高处掉下来为什么是垂直线而不是打斜的呀？他缠住爸爸妈妈一个劲儿地追问，爸爸妈妈答不出，这个问题便老在他脑子里转，促使他不断地观察、实验、思索。长大后，他得出了一个物理学界划时代的定理："物体总是沿着阻力最小的路程运动的。"

爱因斯坦上小学不久，老师在教室里教加法。他拿出一个苹果，又拿出一个苹果，然后问学生们："一个苹果加一个苹果是几个苹果？"

"两个。"学生们毫不犹豫地回答。

老师便在黑板上写上 $1 + 1 = 2$。

爱因斯坦举手站起来说："老师，'1'加'1'也等于'1'。"

同学们哄堂大笑。爱因斯坦不慌不忙地从口袋里掏出两块小软糖，把它们用力捏在一起，说："你们看，'1'加'1'不还是等于'1'吗？"

同学们先是一愣，后来都开心地笑了。

老师和气地说："两块糖粘在一起，是一块，可那是一大块。"

爱因斯坦说："一大块也是一块啊。"

教师被问住了，摊开手，耸耸肩，只是轻轻嘟哝："对，一大块也是一块……"

有一次上手工劳作课，同学们各自施出浑身解数，将自己的聪明才智表现在自制的物品上，快要下课了，有的交出用黏土捏成的鸭子，有的交出用碎布做的洋娃娃，还有的交出用色蜡捏成的水果，唯独爱因斯坦什么也没交。

第二天，在老师的追问下，爱因斯坦才交出一个简单粗陋的小凳子。老师看了很不高兴，摇着头说："世界上没有比这更丑陋的凳子了。"同学们也向爱目斯坦投去嘲笑的目光。

爱因斯坦站起来坚定地回答："有，有比这更坏的！"说着，他从桌子下面拿出两个很不像样的小板凳，解释道："这两个凳子是我第一次和第二次制作的。交出的这只是我第三次制作的，虽然它还不能让人满意，可总比前两只要好些。"

老师拿起这三只小板凳看了一会儿，他暗自想：这孩子不简单，他具有常人所不具备的一种可贵素质。

■ 心灵感悟

充满智慧的人总具备常人不具有的思维，他们敢于想象、敢于探索、敢于行动、敢于进取，这些都是成为伟人的必备条件。

◆ 不浪费，就不会缺乏

一天晚上，琼斯先生收到了两个包裹，那是他的好朋友从纽约寄来送给他两个儿子的圣诞节礼物。两个孩子约翰和本围着礼物好奇地问这问那，琼斯先生说："孩子们，你们去把自己的包裹打开吧。"

两个包裹看来完全一样，都用绳子绑着。本把包裹拿到桌子上来，看了看绳子打的结，准备解开它。

约翰拿起了另一个包裹，想拽掉绳子，但绳子打的结很紧。"人们干吗要把结打得这么紧，根本就无法打开。我要把它割断。"约翰说道。

本连忙说："噢，不要，不要割断它，约翰！割断它太可惜了。"

约翰说："一根包装用的绳子能有什么用处？"

本说："这是一根鞭绳。"

约翰低头仔细看了看，这是一根用三股细绳子拧成一条、可以当鞭子使用的绳子。但他还是满不在乎地说："鞭绳又怎么样？只要3便士就能买两倍这么长的绳子，谁还在乎3便士？反正我不会。"于是他拿出刀子把绳子割成了几段。

约翰很快就取出了包裹中的礼物，而本则细心地慢慢解着绳子，最终于也拿到了属于自己的礼物。

几个星期后，琼斯先生给了每个孩子一个陀螺。

"本，这是怎么回事？陀螺没有鞭绳，这该怎么玩啊？"约翰问道。

本说："我有一根鞭绳。"说着他从口袋里掏出了一根绳子。

约翰惊奇地叫道："天哪！这不是那根绑包裹的绳子吗？我要是也把它保留了下来该有多好。"

几天之后，在男孩子们中间有一场射击比赛。最佳射手将获得一副非常好的弓箭。"来吧，孩子们，"马斯特·夏普（神射手）说，"我就站在箭靶这儿，我要看看谁能射得比我还接近靶心。"

约翰拉开弓，射出了一支箭。箭落在了离夏普1/4英寸的地方。"你射偏了，"夏普说，"比赛的规则是：你必须用你自己的箭射3次，不可以互相借用弓箭。你已射偏一次了。"

约翰拿起了第二支箭，刚刚一使劲，他的弓突然断了，箭从手中掉了下来。

本说："这是我的弓，给你用吧！"

夏普说："不行，这不公平。规则规定不可以互相借用的。"

轮到本射箭了，他的第一支箭射偏了，第二支和约翰射的第一支差不多，在射第三支之前，本仔细地检查了弓上的弦，就在他拉弓的时候，弓突然断了。

约翰拍着手，高兴得跳了起来，但他突然停住了，因为本从自己的口袋里拿出了一根鞭绳，把它绑在了弓上。

"还是那根绳子！"约翰大声喊道。

"是的，今天早上我把它放到口袋里，没想到真用上了。"本说。

本正是靠着最后一箭赢得了奖品。当本拿到那副弓箭的时候，约翰说："没想到那根绳子对你这么有用啊！我以后一定注意再不浪费任何东西了。"

■心灵感悟

任何东西都有用得上的地方，不能因为一时的无用而将还存在价值的东西丢弃掉，否则会造成资源的无谓浪费。

中小学生课间十分钟阅读系列丛书

聪明的少女

在欠债不还不足以使人入狱的年代，有位商人欠了一位放高利贷的债主一笔巨款。那个又老又丑的债主，看上了商人青春美丽的女儿，便要求商人用女儿来抵债。

商人和女儿听到这个要求都十分恐慌。狡猾伪善的高利贷债主故作仁慈，建议这件事由上天安排。他说，他将在空钱袋里放入一颗黑石子和一颗白石子，然后让商人的女儿伸手摸出其一，如果她选中的是黑石子，她就要成为他的妻子，商人的债务也不用还了；如果她选中的是白石子，她不但可以回到父亲身边，债务也一笔勾销；但是，假如她拒绝探手一试，她父亲就要入狱。

虽然不情愿，商人的女儿还是答应试一试。当时，他们正在花园中铺满石子的小径上，协议之后，高利贷的债主随即弯腰拾起两颗小石子，放入袋中。敏锐的少女察觉到：两颗小石子竟然全是黑的！女孩不发一语，冷静地伸手探入袋中，漫不经心似的，眼睛看着别处，摸出一颗石子。突然，手一松，石子便顺势滚落在路上的石子堆里，分辨不出是哪一颗了。

"噢！看我笨手笨脚的！"女孩说道，"不过，没关系，现在我们只需看看袋子里剩下的这颗石子是什么颜色，就可以知道我刚才选的那一颗是黑是白了。"

当然，袋子剩下的石子一定是黑的，恶债主不能承认自己的诡诈，也只好承认她选中的是白石子。

对狡诈的行为就应用智慧去对付，如同故事里的女孩一般，在面对故意的刁难时，机智的应对总能化险为夷。

不花钱买两匹马

从前有个商贩，在集市上卖马，每匹马要价 500 块钱。他吹嘘自己是个养马能手，他驯养的马，跑起来四蹄腾空，快如闪电。无论跟什么马比赛，他的马总是得胜。如果试过之后结果不是这样，他愿意倒贴 500 块钱。

一个驭手经过这里，听了他的话，接口说："你这马真是太好了，我要买下来。不过先得让我试一试它的脚力。"

"行，行！"商贩连声同意，驭手把马牵走了。

过了一会儿，驭手又经过这儿，见到这人又在为他的另一匹马吹嘘，说的话跟刚才一模一样。

驭手二话没说，又牵走了第二匹马。

又过了一会儿，商贩找到驭手，要他支付买两匹马的钱。

驭手说："我已经跟你结清了账，一分钱也不欠你了。"

商贩一听，急得跳了起来，说："第一匹马是 500 块钱，第二匹马也是 500 块钱，你一分钱也没给我，怎么说不欠我钱呢？"

"有意思！"驭手撇撇嘴，说："我让你的两匹马比试一下，结果是一匹在前，一匹在后。在前面的，我应该付给你 500 块钱；在后面的，你应该倒贴我 500 块钱。这样一来一去，我们的账不是算清了吗？我还欠你什么钱呢？"

商贩目瞪口呆，答不出一句话来。

心灵感悟

思路灵活的人，能够少花钱、甚至不花钱，办好更多的事。我们一方面要多用脑筋解决问题；另一方面要防止别人钻空子。

爱迪生智救火车

爱迪生小名汤姆，他的邻居小杰米不好好学习，课堂上拼音时，往往牛头不对马嘴。小汤姆就教杰米"电报术"。后来，当老师叫杰米起立答拼音时，小汤姆就用铅笔敲击桌面，发长短音，因此杰米的答案从此没有差错。

老师竟没有觉察出其中的奥秘。

一次，小汤姆用"电报术"竟然救了一列火车呢。

那天，小汤姆的爸爸和妹妹丽莎到外地走亲戚，决定乘坐下午五点的火车回家。到下午两点，忽然狂风呼啸，大雪纷飞。小汤姆对妈妈说："这样大的风雪，路桥会不会被破坏？我去观察观察。"

他冒着特大的风雪，到郊外桥边，哎呀！桥果然断了。这时，时间已过四点半，回车站报告已经来不及了。那时电话还没有发明，急得小汤姆在桥边团团转。

他抬头一看，离桥边不远有座小工厂，忽然心生一计，到工厂，对厂长讲明原因，向他借工厂的汽笛用一下。

小汤姆拉响了汽笛，那清脆的长短音就像在发电报。如果懂得电报用语的人，就会听出这样的话："丽莎，丽莎，我是汤姆，我是汤姆，前面铁桥断了，前面铁桥断了，快请列车长停车，快请列车长停车。"

那汽笛反复传播着这样的"电报"。

汤姆的妹妹丽莎，平时经常和哥哥做电报游戏，所以熟悉电报的收发。这时她坐在火车中，忽然听到汽笛中带有电报内容，就凝神谛听起来。

听完大吃一惊，忙把这"电报"翻译给爸爸听。父女俩慌忙找到列车长。列车长竖起耳朵一听，虽然不懂电报用语，但事关整个列车人员的安危，马上下令急刹车。车子完全停下来时，距离断桥不到100米。

一场车祸避免了，小汤姆的名字从此也在美国家喻户晓了。

■心灵感悟

在面对危险时不要惊慌，沉着冷静才能急中生智。生活中会面临各种各样的困难，只要肯开动脑筋，就一定能一项一项地克服掉。

❖ 他山之石

100多年前，医生们虽然能够进行外科手术，但是死亡率却非常高。10个手术病人之中，一半以上的病人会因感染而死去，明明手术很成功，但伤口却发红发肿，化脓溃烂，最后痛苦地死去。医生们不知道这是什么原因，也不知道怎么防止感染。

英国医生李斯特是一个很出色的外科医生，虽然他的外科技术很高超，但也无法防止病人手术后的感染，经常眼睁睁地看着病人死去。苦恼的李斯特一直在积极寻找解决问题的办法。与其他外科

中小学生课间十分钟阅读系列丛书

医生不同的是，他的目光并没有仅仅局限于外科手术这一狭小的范围之内。

有一次，李斯特看到法国出版的一本生物学杂志，里面有一篇法国科学家巴斯德的探讨生命起源的论文。巴斯德通过大量实验证明：生命不是无中生有，是空气中的生命孢子进入的结果；有机物的腐败和发酵也是微生物进入的结果。

这篇文章表面看起来与李斯特的外科手术并没有直接关系，但李斯特却从中汲取了丰富的营养。他想：病人伤口的感染化脓，不也是一种有机物的腐败现象吗？这个看不见的微生物世界，影响着我们的生活，也肯定影响着外科手术。

根据这种思想，李斯特在手术之前严格地洗手，将手术器械严格地煮沸，在伤口上用煮沸过的纱布包扎，以防止空气中的微生物感染伤口。后来他又寻找到一种杀灭细菌的药剂。运用这些办法做手术后，病人的死亡率大大降低。就这样，李斯特从一篇表面上看来似乎毫不相关的文章中受到启发，从而创立了消毒外科学。

■ 心灵感悟

充满智慧的人总有宽阔的视野，他们的眼光总辐射向生活的各个方面，从而能从相关的领域找到解决问题的共同方法来。

◆ 计 谋

马克·吐温小时候，有一天因为逃学，被妈妈罚着去刷围墙。围墙有 30 码长，比他的头顶还高。

他把刷子蘸上灰浆，刷了几下。刷过的部分和没刷的相比，就像一滴墨水掉在一个球场上。他灰心丧气地坐了下来。

他的一个伙伴桑迪，提只水桶跑过来。"桑迪，你来给我刷墙，我去给你提水。"马克·吐温建议。桑迪有点动摇了。"还有呢，你要答应，我就把我那只肿了的脚指头给你看。"

桑迪经不住诱惑了，好奇地看着马克·吐温解开脚上包的布。可是，桑迪到底还是提着水桶拼命跑开了——他妈妈在瞧着呢。

马克·吐温的另一个伙伴罗伯特走来，还啃着一只松脆多汁的大苹果，引得马克·吐温直流口水。

突然，他十分认真地刷起墙来，每刷一下都要打量一下效果，活像大画家在修改作品。

"我要去游泳。"罗伯特说，"不过我知道你去不了。你得干活，是吧？"

"什么？你说这叫干活？"马克·吐温叫起来。"要说这叫干活，那它正合我的胃口，哪个小孩能天天刷墙玩呀？"他卖力地刷着，一举一动都特别快乐。罗伯特看得入了迷，连苹果也不那么有味道了。"嘿，让我来刷刷看。""我不能把活儿交给别人。"马克·吐温拒绝了。"我把苹果核儿给你。"罗伯特开始恳求。"我倒愿意，不过……"

"我把这苹果给你！"

小马克·吐温终于把刷子交给了罗伯特，坐到阴凉处吃起苹果来，一边看着罗伯特为这得来不易的权利努力刷着。

一个又一个男孩子从这里经过，高高兴兴想去度周末。但他们个个都想留下来试试刷墙。

马克·吐温为此收到了不少交换物：一只独眼的猫，一只死老鼠，一个石头子，还有4块橘子皮。

中小学生课间十分钟阅读系列丛书

■ **心灵感悟**

聪明的方法可以既满足他人的愿望也同时实现自己的目的。

常动脑子，我们的思想就会越来越活跃，收获就会越来越多。

❖ 关于生活的三条忠告

一次，一个猎人捕获了一只能说 70 种语言的鸟。

"放了我，"这只鸟说，"我将给你 3 条忠告。"

"先告诉我，"猎人回答道，"我发誓我会放了你。"

"第一条忠告是，"鸟说道，"做事后不要懊悔。

"第二条忠告是：如果有人告诉你一件事，你自己认为是不可能的就别相信。

"第三条忠告是：当你爬不上去时，别费力去爬。"

然后鸟对猎人说："该放我走了吧。"猎人依言将鸟放了。

这只鸟飞起后落在一棵大树上，并向猎人大声喊道："你真愚蠢。你放了我，但你并不知道在我的嘴中有一颗价值连城的大珍珠。正是这颗珍珠使我这样聪明。"

这个猎人很想再捕获这只放飞的鸟。他跑到树跟前并开始爬树。但是当他爬到一半的时候，就掉了下来并摔断了双腿。

鸟嘲笑他并向他喊道："笨蛋！我刚才告诉你的忠告你全忘记了。我告诉你一旦做了一件事情就别后悔，而你却后悔放了我。我告诉你如果有人对你讲你认为是不可能的事，就别相信，而你却相信像我这样一只小鸟的嘴中会有一颗很大的珍珠。我告诉你如果你爬不上去，就别强迫自己去爬，而你却追赶我并试图爬上这棵大树，结果掉下去摔断了双腿。

"这句箴言说的就是你：'对聪明人来说，一次教训比蠢人受一百次鞭挞还深刻'。"

说完，鸟就飞走了。

■ **心灵感悟**

生活中很多事情都在懊悔、犹疑、不自知中很快过去了。只有坚定的信念和自信心才能让我们抓住每一个机遇，从而从容地生活。

不饮愚泉的聪明人

小城南边，有一口愚泉，凡饮水之人一概变愚。

小城有位聪明人打起了愚泉的主意，他想：如果把愚泉水引进城里，全城人喝了愚泉水，变成了笨蛋，不就全城唯我独聪吗？

于是，聪明人把愚泉水引入大家饮用的河水里，城里人喝了愚泉水，果然个个变得傻气十足。他们视金银财宝为粪土，纷纷弃之不用。自己凿井饮水而未喝愚泉水的聪明人捡了个大便宜，把那些被城里人舍弃的金银财宝拾回来，不久即成为一个腰缠万贯的大富翁。

变成富翁的聪明人生活在这么个满是傻瓜、笨蛋的城里，却并不如意快乐。首先，他去城里娱乐场所消费，人家把他赶了出来，因为他用来支付的钱是大伙儿公认的垃圾。聪明人饿得不行，拿出一大堆珠宝去换街头小贩手中一个烧饼，却招来小贩们的一阵痛打。因为聪明人居然用"粪便"来换取吃的，天下奇闻！

中小学生课间十分钟阅读系列丛书

这样长久下去，聪明人的行为越来越让城里的愚人受不了了，城里的愚人们终于有一天冲进聪明人家里，把他全身衣服扒光，并把他赶出了这个小城。

聪明人哀叹：真是聪明反被聪明误。自己的聪明跟小城人的愚笨相比，却是愚蠢。这是生活的教训。

■ 心灵感悟

真正的聪明叫智慧，智慧的人明白生活的真谛，懂得生活的哲理。自以为聪明的人往往忽视他人的智慧，却干出真正愚蠢的事情来。

❖ 一句话的力量

一次，一位阿拉伯青年使者出访欧洲某国，他带去大批的礼物，受到了非常隆重的接待。国王和王后还专门为青年使者举行了盛大的宴会。不料，就是在这次宴会上，青年人差点儿丢了命。因为他当着国王的面，将烧鱼翻了个背。而该国法律规定，不能当着国王的面，翻动任何东西，违者必须被处死，即使显贵得如王公国宾也概不例外。

在大臣们的一致要求下，国王宣布要维护法律，不过他又讪讪地告诉青年人，为表示歉意，允许他提一个要求，与该法规无关的任何要求他都将满足。

这时，青年人反倒镇静了下来，说："我只有一个要求，谁若看见我刚才做了什么，就请挖掉他的眼睛！"

国王一怔，首先以耶稣的名义起誓自己一无所见。接着是王后，她是以圣母玛丽亚的名义……这时，人群出现了一片混乱，大臣们个个争先恐后地以保罗、摩西等圣徒的名义起誓否认刚才所看见的事情。

怪事出现了，这时，谁都发誓说没有见过那青年人翻动过烧鱼。

就这样，青年人以自己的机智，消除了一场杀身之祸。

■心灵感悟

生活中难免有困难，当身陷逆境的时候，只有沉着冷静地面对，困难才有可能化解。

◆ 特殊的药方

神医华佗，不仅擅长内科、外科和妇科、儿科，而且发明了中药麻醉剂，能给病人动剖腹的大手术，难怪曹操也要召他看病。

一次，有个郡太守病了，日不思饭，夜不成眠，整日忧心忡忡，焦躁不安，病人的家属忙去请华佗来为他诊治。

华佗给太守把过脉，看过舌苔，断定太守的病是由于胸中积了淤血引起的，但要清除淤血，不是一般吃药、针灸所能解决的。华佗已有了诊治的方法，不过他只字不提。

为防不测，太守要华佗住在府上。每天，太守以美酒佳肴盛情款待华佗。华佗照吃不误，而且吃罢就睡，享足了清福。过了一天又一天，却不给太守开药方。每每太守夫人询问疗法，华佗总是推说："病情古怪，让我考虑考虑。"

又过了数日，华佗竟不辞而别了，太守愤怒万分，连声骂道："什么名医、神医，简直是骗吃骗喝的大骗子！"太守气势汹汹地在

中小学生课间十分钟阅读系列丛书

屋里来回走着，不时发怒大骂，家人吓得不敢吭声。正在这时，管家送来华佗留在住房里的一封信。信中把太守骂得比狗屎还臭，比坏蛋还坏，世上所有糟糕透顶的字眼都用上了，气得太守暴跳如雷，声嘶力竭地大吼："快给我派人追，杀掉那骗子！"

喊罢，太守大口大口地吐出了污血。

说来也奇怪，过了一会儿，那太守竟觉得目明神爽，接着觉得腹中饥饿，竟能有滋有味地吃下好多东西。晚上，一上床便合眼，进入了梦乡。后来，太守似乎明白了怎么回事，就面谢华佗，并问起留信一事，华佗捋须一笑："那封信，乃是我专为大人开的一剂特殊的'药方'，你见了气得口吐淤血，不就好了吗？"

■ 心灵感悟

抓住病根，开出正确的良方，病痛自然好转。面对困难也一样，只要抓住真正的原因，找出与之适应的方法，再大的困难也不怕。

❖ 周总理的机智

在 20 世纪 50 年代，有一次外国记者问周恩来总理："中国银行一共有多少钱？"

面对这一不友好的提问，若从正面回答，无论怎样都不会产生良好的效果。只见周总理坦然地笑笑说："中国银行嘛，共有拾捌元捌角捌分钱。人民币是中央人民政府发行的货币，具有极高的信誉。"

在场的中外人士经过短暂的惊讶而反应过来之后，立即钦佩地报以热烈的掌声。因为当时流通的人民币共有 10 种面值，即：拾元、伍元、贰元、壹元、伍角、贰角、壹角、伍分、贰分、壹分，它们相加的总和正是"拾捌元捌角捌分钱"。外国记者本意是想让总理说中国银行里没多少钱，进而产生尴尬局面。但周总理的巧妙回答，可谓语惊四座。这种冷静缜密的思维既无懈可击，又极大地维护了中国金融的威信。

■ 心灵感悟

急中生智不是每一个人都能做到，面对外国人对我们国家尊严的故意习难，周总理作出的巧妙回答维护了祖国的尊严，彰显了中华人民的智慧。周总理不愧是人人敬爱的好总理。

❖ 四个人和一个箱子

在非洲一片茂密的丛林里有四个皮包骨头的男子，他们扛着一只沉重的箱子，正跟跟跄跄地往前走。

这四个人是：巴里、麦克里斯、约翰斯、吉姆，他们是跟随队长马克格夫进入丛林探险的。马克格夫曾答应给他们优厚的工资。但是，在任务即将完成的时候，马克格夫不幸得了重病而长眠在丛林中。

这个箱子是马克格夫临死前亲手制作的。他十分诚恳地对四人说道："我要你们向我保证，一步也不离开这只箱子。如果你们把箱子送到我朋友麦克唐纳教授手里，你们将分得比金子还要贵重的东西。我想你们会送到的，我也向你们保证，比金子还要贵重的东西，你们一定能得到。"

埋葬了马克格夫以后，这四个人就上路了。但密林的路越来越难走，箱子也越来越沉重，而他们的力气也越来越小了。他们像囚犯一样在泥潭中挣扎着。一切都像在做噩梦，而只有这只箱子是实在的，这只箱子在撑着他们的身躯，否则他们全倒下了。他们互相监视着，不准任何人单独乱动这只箱子。在最艰难的时候，他们想到了未来的报酬是多少，当然，是比金子还重要的东西……

终于有一天，绿色的屏障突然拉开，他们经过千辛万苦终于走出了丛林。四个人急忙找到麦克唐纳教授，迫不及待地问起应得的报酬。教授似乎没听懂，只是无可奈何把手一摊，说道："我是一无所有啊，噢，或许箱子里有什么宝贝吧。"于是当着四个人的面，教授打开了箱子，大家一看，都傻了眼，箱子里竟是满满一堆无用的石头！

"这开的是什么玩笑？"约翰斯说。

"屁钱都不值，我早就看出那家伙有神经病！"吉姆吼道。

"比金子还贵重的报酬在哪里？我们上当了！"麦克里斯愤怒地嚷着。

此刻，只有巴里一声不吭，他想起了他们刚走出的密林里，到处是一堆堆探险者的白骨，他想起了如果没有这只箱子，他们四人或许早就倒下去了……巴里站起来，对伙伴们大声说道："你们不要再抱怨了。我们得到了比金子还贵重的东西，那就是生命！"

■ 心灵感悟

马克格夫的智慧在于他了解人性的弱点，并能帮助在困境中的人找到生的希望。他告诉我们只有希望不灭，光明就会到来。

天下没有白吃的午餐

从前，有一位爱民如子的国王，在他的英明领导下，人民丰衣足食，安居乐业。深谋远虑的国王却担心当他死后，人民是不是也能过着幸福的日子。于是他召集了国内的有识之士，命令他们找出一个能确保人民生活幸福的永恒法则。

3个月后，这班学者把3本6寸厚的帛书呈给国王说："国王陛下，天下的知识都汇集在这3本书内，只要人民读完它，就能确保他们生活无忧了。"国王不以为然，因为他认为人民都不会花那么多时间来看书。所以他再命令这班学者继续钻研。又两个月后，学者们把3本书简化成1本。国王还是不满意，再一个月后，学者们把一张纸呈上给国王。国王看后非常满意地说："很好，只要我的人民都真正明白及奉行这宝贵的智慧，我相信他们一定能过上富裕、幸福的生活。"说完后便重重地奖赏了这班学者。

原来这张纸上只写了一句话：天下没有白吃的午餐。

心灵感悟

一分耕耘一分收获。只有通过勤劳的付出，才能畅享收获的快乐。生活处处都告诫我们：天下没有白吃的午餐。

不要过分相信自己的智商

一位美国汽车修理师有一个习惯，他爱说笑话。有一次，他从引擎盖下抬起头来问一位博士：

"博士，有一个又聋又哑的人来到一家五金店买钉子，他把两个手指头并拢放在柜台上，用另一只手做了几次锤击动作，店员给他拿来一把锤子。他摇摇头，指了指正在敲击的那两个手指头，店员便给他拿来了钉子，他选出合适的就走了。那么，博士，听好了，接着进来一个瞎子，他要买剪刀，你猜他是怎样表示的呢？"

这位博士举起右手，用食指和中指做了几次剪的动作。

修理师一看，开心地哈哈大笑起来："啊！你这个笨蛋。他当然是用嘴巴说要买剪刀呀。"接着他又颇为得意地说："今天我用这个问题把所有的主顾都考了一遍。"

"上当的人多吗？"博士急着问。

"不少。"汽车修理师说，"但我事先就断定你一定会上当。"

"那是为什么？"博士不无诧异地问。

"因为你受的教育太多了，博士，从这一点上就可以知道你不会太聪明。"

■心灵感悟

富兰克林说："知识不等于聪明。勤于思考是避免愚蠢见识的唯一途径，千万不要过分相信自己的智商。"学习知识很重要，更重要的是要注意理论和实践的密切结合。

两个报童

有两个报童——布莱克和比尔——在同一个地区卖同一份报纸，二人是竞争对手。

比尔很勤奋，每天沿街叫卖，嗓门也响亮，可每天卖出的报纸并不是很多，而且还有减少的趋势。

布莱克肯用脑子，除去沿街叫卖外，他还每天坚持去一些固定场所，一到那里，就给大家分发报纸，过一会再来收钱。地方越跑越熟，报纸卖出去的也就越来越多。当然，也有些损耗，但很少。渐渐地，布莱克的报纸卖得越来越多；比尔能卖出去的却逐渐减少了，不得不另谋生路。

为什么会如此？布莱克的解释非常有趣：

"第一，在一个固定地区，对同一份报纸，读者客户是有限的。买了我的，就不会买他的，我先把报纸发出去，这些拿到报纸的人是肯定不会再去买别人的报纸。等于我先占领了市场，我发得越多，他的市场就越小。这对竞争对手的利润和信心都构成打击。

"第二，报纸这东西不像别的消费品有复杂的决策过程，随机性购买多，一般不会因质量问题而退货。而且钱数不多，大家也不会不给钱，今天没零钱，明天也会一块儿给，文化人嘛，不会为难小孩子。

"第三，即使有些人看了报，退报不给钱，也没什么关系，一则总会积压些报纸，二则他已经看了报，肯定不会去买别人的报纸，还是自己的潜在客户。"

中小学生课间十分钟阅读系列丛书

■ **心灵感悟**

　　随波逐流只会落于人后。任何时候，在任何场合，要击败竞争对手，要比别人更出色，就要充分开动脑筋，走自己独特的道路。

◆ 海鸟和珍珠

　　从前，有一个海岛，岛上有很多沉积了多年的大颗的珍珠，价值都非常昂贵。可谁也无法接近这个海岛，只有栖息在海岸附近的海鸟能飞行往来在这个岛上。

　　很多人慕名而来，带有枪支弹药，捕杀飞回岸边的海鸟。因为这种海鸟每到白天都会飞到岛上去吃光如明月的珍珠。

　　时间长了，海鸟渐渐地灭绝，即使剩下的几只也过得胆战心惊，只要一闻到人的气息，看到人的踪影，就会早早地逃走。

　　后来，来了一个很有智慧的商人，他在海岸附近买下大片的树林，并在树林周围围上栅栏，不让闲杂人走进他的树林。同时，还严厉告诫他的仆人，不许在树林里捕捉或驱赶海鸟，更不许放枪。

　　于是，当海岸其他地方的枪声一响，就会有海鸟在惊慌逃窜中不经意闯进他的树林。时间一长，海鸟渐渐地都留在他的树林里栖息。它们也因此不必再为安全而战战兢兢。

　　等海鸟在他的树林里逐渐安定下来的时候，他开始用各种粮食、果实等，做成味道鲜美的百味食物，撒给这些海鸟吃。海鸟贪吃百味食物，肚子吃得圆滚滚的，就把肚中的珍珠全部拉了出来。

　　日复一日，这个商人就成了百万富翁。

一味使用相同的方法往往收效甚微，有时另辟蹊径的做法往往能够收获更多。所以，做任何事情都要敢于尝试、敢于想象。

❖ 地图的另一面

一天早上，一位很贫困的牧师为了转移哭闹不止的儿子约翰的注意力，将一幅色彩缤纷的世界地图，撕成许多小的碎片，丢在地上，许诺道："小约翰，你如果能拼起这些碎片，我就给你2角5分钱。"

牧师以为这件事会使约翰花费上午的大部分时间，但没有十分钟，小约翰便拼好了。

牧师："孩子，你怎么拼得这么快？"

小约翰很轻松地答道："在地图的另一面是一个人的照片，我把这个人的照片拼到一块，然后把它翻过来。我想，如果这个'人'是正确的，那么，这个'世界'也就是正确的。"

牧师微笑着给了儿子2角5分钱。

■ 心灵感悟

正确的生活往往引导正确的社会现象，因为个人的生活与社会息息相关，所以任何时候我们都必须注意我们的言行是否对社会造成了不良的影响。

中小学生课间十分钟阅读系列丛书

用智慧叩开财富的门

1992 年，第 25 届奥运会在西班牙巴塞罗那举行。该市一家电器商店的老板向全体市民宣称："如果西班牙在本届奥运会上得到的金牌总数超过 10 枚，那么，凡在奥运期间购买本店电器的顾客，都可以得到全额的退款。"

这个消息立刻轰动了巴塞罗那全市。显而易见，这是一个可以不用花钱而得到电器的好机会。于是，一时间，顾客云集，商店的销售量大幅度地猛增。

然而出人意料的是，离闭幕还有好几天，西班牙就已经获得了十金一银，正好超过了电器商店老板承诺的退款底线。看来，退款已成定局，接下来的几天，顾客们买得更起劲了。

奥运会结束，西班牙共获得了十三金。这下退款是退定了，据估计，整个退款总额将达到 100 万美元，看来老板这回是要破产了！

正当顾客们议论纷纷，怀疑商店能否履行承诺时，老板却从容不迫地宣布："下周起，开始兑现退款。"

原来，老板早做好了巧妙安排。在发布广告之前，他先去保险公司投了专项保险。保险公司的专家经过仔细分析，一致认为西班牙不可能得到 10 枚以上的金牌。因为根据往届的经验，西班牙的金牌数最多不超过 5 枚，于是保险公司接受了这份保单。

这样一来，即便是要退款，那也是保险公司的事情了，而与商店毫无关系。所以，不管西班牙得到多少块金牌，电器商店的老板都是只赚不赔。

获得财富的方法有很多，但一时要取得大笔的财富却需要智慧。当瞄准了市场行情，根据市场做出反应，财富就会源源不断。

❖ 非死即活

从前，有一个和尚不小心得罪了某大臣，因为和尚是皇上的法师，那大臣也不敢轻易教训他。一天，皇上生病了，那大臣见机会来了，便对皇上说道：

"禀皇上，不是臣多嘴，您的病很可能是那个和尚捣的鬼。自从他来了以后，皇宫里出了很多事。"见皇上有点儿不相信，他又说道："臣有一个袋子，里面有两张纸条，一张上面写着'死'字，另一张则写着'活'字，如果他真的是法师，菩萨一定会保佑他，让他活；如果不是，那就说明他是冒牌货，皇上可以治他死罪。"

皇上觉得有些道理，于是便答应了。

那和尚听到这个消息心中一惊。那天，他看见大臣把字写好放进袋子，他从大臣的奸笑中已经得知，两张纸条定然都写了"死"，这下该怎么办？

他思考了一会儿，大胆地拿出一张纸，直接放进嘴里吞掉，然后对大臣说道："我已经选好了。"

大臣无计可施，只好打开口袋里的另一张纸条，上面果然写着"死"字。和尚机智地躲过了一劫。

机智地面对困境是一种高贵的品质，在人生的风雨历程中，尤其需要这样一种品质。

小高斯巧解算术题

高斯是德国伟大的数学家。他小时候是一个爱动脑筋的聪明孩子。

还是上小学时，一次一位老师想治一治班上的淘气学生，他出了一道数学题，让学生从 $1+2+3$ ……一直加到 100 为止。他想，这道题足够这帮学生算半天的，他也可以得到半天悠闲。谁知，出乎他的意料，刚刚过了一会儿。小高斯就举起手来，说他算完了。老师一看答案，5050，完全正确。老师惊诧不已。问小高斯是怎么算出来的。

高斯说，他不是从开始加到末尾，而是先把 1 和 100 相加，得到 101，再把 2 和 99 相加，也得 101，最后 50 和 51 相加，也得 101，这样一共有 50 个 101，结果当然就是 5050 了。聪明的高斯受到了老师的表扬。

心灵感悟

聪明的人常常能找到事物的规律，从而轻松地解决问题。所以当我们面对难题时要多动脑筋，寻找事物规律。规律往往是解决问题的金钥匙。

聪明的男孩

　　妈妈带着小女孩到杂货店去买东西，那家店的老板看见这个小女孩很可爱，便让自己的儿子抓一把糖果给这个女孩，但是老板家的男孩听了父亲的话后还是站着不动，于是老板就亲自动手，打开了糖果罐子，抓了一大把糖果放进了女孩的口袋里。

　　等母女俩走后，老板很好奇地问自己的儿子："为什么你不去抓糖果，而要我去抓呢？"

　　男孩回答说："因为我的手小而你的手大，你可以抓得比我多呀！"

　　这个男孩懂得凡事不能只靠自己的力量，学会适时地去依靠别人，这是一种谦卑，更是一种聪明……

心灵感悟

　　每个人的能力是有限的，有时哪怕做一件小事也会感觉心有余而力不足。在可能的情况下，能借助他人之手也是一种人生的智慧。所以不要耻于寻求他人的帮助。

创新小故事

◆ 科学家的玩具

一位客人来到一位女科学家家里作客，看见女科学家的孩子在玩一枚奖章。

那位客人当即惊叫起来，说："呀，你的孩子把你的荣誉奖章当玩具玩了！"

"不，是我给她玩的！"女科学家说。

"你知道吗？你的这枚英国皇家协会的勋章，可是许多人梦寐以求的，你却把它当小孩的玩具？"

女科学家淡淡一笑，"我只想让孩子从小懂得：荣誉、奖章这些东西，只代表着过去，现在它顶多只是手中的一件玩具，玩厌了，随时都可抛弃。未来需要重新去创造！"

玩奖章的女孩长大以后，果然没有辜负她母亲的期望，就跟她妈妈一样，成了一位获得诺贝尔奖的女科学家。

这对科学家母女就是居里夫人和她的女儿。

■ 心灵感悟

诚如居里夫人所说：荣誉、奖章这些东西，只代表着过去。所以生命中我们不能停留在荣誉的憧憬里，只有不断地前行，才是我们应真正追求的。

◆ 出奇才能制胜

有一天，美国芝加哥举行了一场规模盛大的世界食品博览会，世界各大厂家都将产品送去陈列。美国赫赫有名的罐头食品公司经理汉斯先生，当然也不例外，将自己公司的罐头食品送去参展。但令他失望的是，博览会的工作人员派给他一个会场中最偏僻的阁楼去陈列产品。

博览会开始后，前来参观的人络绎不绝，但是汉斯先生展览产品的阁楼却门可罗雀。这怎么办呢？汉斯想了半天，终于想出了一个绝妙的办法。

在博览会开幕后的第二个星期，会场中出现了一种新奇的现象。前来参观的人常常从地上拾到一些小小的铜牌。铜牌上刻着一行字："拾到这块铜牌的人，可拿它到阁楼上的汉斯食品公司换取纪念品。"

数千块小铜牌陆续在会场中被发现。不久，汉斯那无人问津的小阁楼，便被挤得水泄不通，会场主持人怕阁楼会坍塌，急忙请木匠设法加固。也就是从那天起，汉斯的阁楼成了博览会的"名胜"，参观者无不争相前往，即使铜牌绝迹，盛况也未削减，直到闭幕。

中小学生课间十分钟阅读系列丛书

不用说，汉斯的招数是够奇的，这一奇招，使他转败为胜，打了个漂亮的翻身仗。

在法国某个城市的一个偏僻小巷里，人们拥挤得水泄不通。

一位50多岁的男人，拿出一瓶强力胶水，然后拿出一枚金币。他在金币的背后轻轻涂上一层薄薄的胶水，再贴到墙上。不久，一个接一个的人都来碰运气，看谁能揭下墙上那枚价值5000法郎的金币。

小巷里的人，来来往往，最终没有任何人能拿下那枚金币，金币牢牢地粘在墙壁上。

原来，那个男人是杂货店老板，由于他的商店位置偏僻，生意不景气，他便想出了一个奇妙的广告办法：用他出售的胶水把一枚价值5000法郎的金币粘在墙壁上，谁揭下来，那枚金币就归谁。

那天，虽然没有一个人拿下那枚金币，但是大家都认识了一种强力胶水，从此，那家商店的胶水供不应求。

■心灵感悟

做生意需要创新才能在竞争中获得成功，这是一个人人都知晓的道理，但应该如何创新呢？故事告诉我们"出奇才能制胜"，"出奇"是一种很高明的创新，它抓住了大众的猎奇心理，往往能起到极佳的效果。创新贵在创"奇"。

❖ 回收利用高尔夫球

美国的基姆·瑞德先生原先从事沉船寻宝工作，在注意到那只高尔夫球前，他的日子过得很平凡。

一天，他偶然看到一只高尔夫球因为打球者动作的失误而掉入湖水中。霎时，他仿佛看见了一个机会。他穿戴好潜水服，跳进湖中。在湖底，他惊讶地看到白茫茫的一片。湖底散落堆积着成千上万只高尔夫球。这些球大部分跟崭新的球没什么差别。球场经理知道后，答应以 10 美分一只的价钱收购这些球。他第一天捞了 2000 多只球，得到的钱相当于他一周的薪水。到后来，他把每天从湖中捞出的球带回家让雇工洗净，重新喷漆，然后包装，按新球价格的一半出售。

后来，其他的潜水员闻风而动，从事这项工作的潜水员多了起来，瑞德干脆从他们手中收购这些旧球，每只 8 美分，每天都有 8 万到 10 万只这样的旧高尔夫球送到他设在奥兰多的公司。现在，他的旧高尔夫球回收利用公司一年的总收入已到 800 多万美元。

心灵感悟

具备了敏锐的目光和灵活的头脑，在一个尚未有人注意到的领域里创出赚钱的机会，要比金矿寻宝容易得多。

❖ 笔的前世今生

鹅毛笔是由古代的埃及人所发明，用力大些就可以把字的笔画写得粗些，轻轻用力就可以写得细些，蘸墨水后能较长时间持续书写，但用久了，笔尖会被磨秃，必须进行加工修整，这就很不方便。

1829 年，英国人詹姆士·倍利成功地制出了钢笔尖。倍利的笔尖经过特殊加工，显得圆滑而富有弹性，书写起来相当流畅，但还必须蘸墨水书写。

以后，英国人布拉马用银制成笔杆，然后在笔杆里装进墨水，墨水从笔尖流出。布拉马不断改进，但这种被称做"自来水笔"的书写工具，总是不能很好地控制墨水，时常漏水，将纸面弄得一塌糊涂。直到1884年，美国人华特曼历经4年的辛苦努力，才发明了能自己控制出水的笔，也就是今天人们生活中常用的钢笔。

1888年，美国的劳比提出一种全新概念的笔。他在笔尖上装上一个滚动圆球，把墨水留在纸上，就是今天人们所说的"圆珠笔"。但劳比的尝试失败了，一是圆珠滚动不灵写不出字，二是圆珠流出的墨水无法控制，会大量漏水而污损纸面。

直到1943年，匈牙利一个印刷厂，有一名叫拉兹罗·约瑟夫·比克的校对员找来一根圆管，装上油质颜料，把笔尖改成钢珠使书写流畅，于是，世界上第一支圆珠笔诞生了。

■ 心灵感悟

只有当问题亟待解决的时候，一项发明才会诞生。所以，创新的前提是问题的出现，所以不要害怕问题，因为那正是通向新发现的门槛。

❖ 虚掩着的门

国王想从大臣中选一个聪明的人担任自己的宰相，就想了一个考验大家的办法。他把臣子们领到一扇奇大无比的门前说："这是王宫中最大的门，也是最重的门。你们当中谁能把它打开？"

大臣们都知道，这扇门过去从没打开过，所以，他们认为这门肯定是打不开的。于是，一些大臣望着门不住地摇头；另一些人则装腔作势地走上前去看一阵，但并不动手，因为他们不想当众出丑；还有人甚至猜想，国王或许另有用意，所以，静观其变才是最稳妥的态度。

这时，有一位小伙子向大门走了过去，只见他双手猛力向大门推去，门被豁然打开了。原来，这扇门本来就是虚掩着的，没有锁也没有插栓，任何人都能轻易地推开它。于是，小伙子便成了国王的宰相。

■心灵感悟

生活中有很多虚掩着的门，只要我们动手一推就能轻易打开。然而，大多数人却因为犹疑而不敢尝试，所以成功只属于那少数敢于推门的人。

废地变宝的秘密

在美国加州海岸的一个城市里，所有适合建筑的土地都已被开发出来，并予以利用。城市的另一边是一些陡峭的小山，无法作为建筑用地；而另外一边的土地也不适合盖房子，因为地势太低，每天海水涨潮时，那里总会被淹没一次。

一位具有想象力的人来到了这座城市。

具有想象力的人，往往具有敏锐的观察力，这个人也不例外。

在到达的第一天，他立刻看出了这些土地赚钱的可能性。他先预购了那些因为山势太陡而无法使用的山坡地。他还预购了那些每天都要被海水淹没一次而无法使用的低地。他预购的价格很低，因为这些土地被认为并没有什么太大的价值，他用了几吨炸药，把那些陡峭的小山炸成松土，再利用几台推土机把泥土推平，原来的山坡地就成了很漂亮的建筑用地。另外，他又雇用了一些汽车，把多余的泥土堆在那些低地上，使其超过水平面的高度，也使它们变成了漂亮的建筑用地。由此他赚了不少钱。

他的钱是怎么赚来的呢？只不过是把那些泥土从不需要它们的地方运到需要的地方罢了，只不过是把没有用的泥土和想象力结合罢了。那个小城市的居民把这人视为天才，他确实也是天才。

■心灵感悟

想人不敢想的，做人不敢做的，大胆的尝试是成功者必备的素质。

❖ 别被过去的经验所限制

小虎鲨长在大海里，当然很习惯大海中的生存之道。

肚子饿了，小虎鲨就努力找大海中的其他鱼类吃，虽然有时候要费些力气，却也不觉得困难。有时候，小虎鲨必须追逐很久，才能猎到食物。这种困难度，随着小虎鲨经验的长进，越来越不是问题，猎食的挫折并没有对小虎鲨造成困惑。

很不幸，小虎鲨在一次追逐猎物时，被人类捕捉到了。

离开大海的小虎鲨还算幸运，一个研究机构把它买了去。关在人工鱼池中的小虎鲨，虽然不自由，却不愁猎食，研究人员会定时把食物送到池中，都是些大大小小的鱼食。

有一天，研究人员将一片又大又厚的玻璃放入池中把水池分隔成两半，小虎鲨却看不出来。研究人员又把活鱼放到玻璃的另一边，小虎鲨等研究人员放下鱼之后，就冲了过去，结果撞到玻璃，疼得眼冒金花，什么也没吃到。小虎鲨不信邪，过了一会儿，看准了一条鱼，嗖！又冲过去，撞得更痛，差点没昏倒，当然也没吃到。休息 10 分钟之后，小虎鲨饿坏了，这次看得更准，盯住一条更大的鱼，嗖！又冲过去，情况没改变，小虎鲨撞得嘴角流血，它想不通这到底是怎么回事。小虎鲨瘫在池底思索着。

最后，小虎鲨拼着最后一口气，嗖！再冲！但是仍然被玻璃挡住，这回撞了个全身翻转，鱼还是吃不到。

小虎鲨终于放弃了。

研究人员又来了，把玻璃拿走。然后，又放进小鱼，在池子里游来游去。小虎鲨看着到口的鱼食，却再也不敢去吃了。

■心灵感悟

不要让以往的经验限制了你的思考。突破思维定势才能有新的发现、新的创造。天才的思维从不局限一隅。

◆ 火车上的创意

1945 年 8 月 15 日，日本战败，裕仁天皇通过电台昭告人民。天皇的广播叫玉音放送。一张照片上，美国珍珠港的水手们围着收音机一脸喜悦；而在另一幅照片上，日本农村一群人跪在收音机前掩面而泣。

听到玉音放送时，日本人小川菊松正在一次商务旅行途中。来不及擦干眼泪，他就登上火车返回东京。在火车上，他开始算计在新形势下如何发财致富。当火车到达东京的时候，一个赚钱的创意诞生了。正如无数灵感降临的情形一样：日本失败，必被占领；占领者与被占领者之间，就需要对话交流。换句话讲，日本人需要一本简单的英语对话小册子。

不会英语的小川菊松把他这个创意卖给了出版社。他和内行的合作者们在一天也可能是三天时间里，炮制了一本小册子。这本小册子是以《中日文手册》为底本的——在日本占领中国期间，这本简明的会话手册也曾风行，这实在是一个黑色幽默。而另一个底本，则是《日泰文手册》。

这样，《日米会话手帐》在一月之后就上市了。米就是我们叫的"美"。

《日米会话手帐》成为战后日本畅销书，它有 32 页，首印 30 万册几乎立即售罄，到 1945 年底，这本小册子卖出了 350 万本。这一令人惊异的成功故事，很快在出版界传为佳话，并且将日本最畅销书的纪录，一直保持到 1981 年。

■心灵感悟

新的社会形势下需要新形式的财富计划。只有适合于市场需求的创新产品才能真正占领广阔的市场。

◆ 解开绳结

公元 1202 年，铁木真和王汗联兵大战札木合取得了胜利。札木合投降了王汗。那年秋天，铁木真率部来到了斡难河畔。河畔有一棵五人方能合抱的大树，大树上系着一个复杂的绳结。据蒙古传说，谁能解开这个绳结，谁就能成为蒙古之王。

每年，蒙古都会有很多人来解这个结。札木合来过，王汗也来过，可他们总是不知如何下手，这个结异常复杂，连绳头也看不到。铁木真仔细观察了这个绳结，他也找不到绳头。

他想了一会儿，拔出剑来，将绳结一劈两半，然后对众人说道："这，就是我铁木真解开绳结的方式！"

心灵感悟

这是一个打破"惯性思维"的故事。有时候，通过常规的方法无法解决的问题不妨用打破"惯性思维"的方法去解决。

◆ 洞中取球

中小学生课间十分钟阅读系列丛书

有位日本的小姑娘，听大人们讲了中国古代聪明少年文彦博用水取球的故事后，她突发奇想：应该会有更多的办法取出洞中的球。于是，她把小伙伴们召集起来，对他们说道：

"我们现在来玩一个游戏，假设我们把皮球滚到一个洞里面去了，大家每人想一个办法，也可以否定别人的办法。现在抽签，凡抽到单数的想办法，抽到双数的否定前一人的办法；凡说得有道理的均可获得一个泡泡糖的奖励。"抽完签，她便叫开始。

第一号孩子说："我用手从洞里把皮球捡出来。"大家听完后都笑了，说他的办法太简单。

第二号否定道："如果洞再深一些，手够不着呢？"

第三号接着说："那我回家拿火钳把他夹出来。"

第四号接着说："如果火钳太短怎么办？"

第五号接着说："那我用竹棍子将它拨出来。"

第六号接着说："如果是个弯洞，那又该怎么办？"

第七号接着说："我会灌水让皮球浮出来。"

第八号否定道："但如果那是个沙洞呢？"

第九号接着说："那我用锄头挖沙，把皮球给挖出来。"

第十号否定道："如果那不是一个沙洞，而是一个石头洞，又弯，又漏水，又深，怎么办呢？"

第十一号笑着说："那我就不要这皮球了，让妈妈给我再买一个。"

第十一号最终也获了奖。为什么呢？因为当取球的代价已经超过皮球的价值时，就没有必要再去做得不偿失的事情了。这个小姑娘的名字叫小樱子，她设计的这个游戏，后来被日本很多企业当成训练员工创新能力的方法。

■ 心灵感悟

任何事情都其做它的价值，在许许多多的方法中，我们应选择投入成本最少、最便捷快速的方法去做，如此才能获得更大的效益。

成功小故事

◆ 敢于梦想

黑人福勒出生在美国一个贫困不堪的家庭，他 5 岁就开始帮家人干活，7 岁就开始以赶骡子为生。

小小的福勒却并不因为贫困而放弃对生活的信心。有一天，他问母亲："我们为什么这么穷呢？我们能不能过得好一点啊？"

福勒的母亲是一位伟大的母亲，夸赞儿子道："你问得太好了，孩子。我们贫穷可不是上帝的愿望，而是你的父亲从来没有产生过要发家致富的想法，我们家里其他人也从来没有人有过致富的想法。你想想，我们连想都不敢想一想，我们又怎么会过上富有的生活呢？"

母亲的这番话深深震撼了小福勒幼小的心灵，从此，福勒为了实现发家致富的梦想，开始了漫长的奋斗历程。他先从当小伙计人

中小学生课间十分钟阅读系列丛书

手，在零售百货店里当了 3 年推销员，积累了一定的销售经验后，他决定自己创业当小老板。他从肥皂厂购进一箱肥皂后，便挨家挨户地上门推销肥皂。这样一晃十几年过去了，福勒一家生活开始好转，但福勒却并不满足，他要伺机寻找发大财的机会。

一天，福勒得知一家肥皂公司要出卖，售价是 15 万美元。福勒仔细分析后，认为要是能拥有这家公司，就是一个发财的好机会。但此时，福勒总共才积蓄了 2.5 万美元。凭着对梦想的执著追求，他想尽各种办法，在几天之内筹集到了 11 万多美元，还差 1 万美元。怎么办？福勒心急如焚，深夜，他透过窗户看到对面办公楼还有人在办公，他不知从哪来的一股勇气，跑到那里找到那位素不相识的加班人，经过一番努力，他居然真的又借到 1 万美元。

就这样，福勒成功地收购了那家肥皂公司。在他的努力下，福勒的公司迅速发展，几年以后，他成为一位富甲一方的老板。

回首自己的成功之路，福勒深有感触地说："做什么事，如果你连想都不敢想，何来成功呢？"

■心灵感悟

思想决定命运。人有多大胆就端多大碗。只有敢于想象的人才会支配行动与其思想一致，才能实现心中的梦想。

◆ 成功：就是将简单的事情重复做

有一位著名的推销大师，即将告别他的推销生涯，应行业协会和社会各界的邀请，他将在该城中最大的体育馆，做告别职业生涯的演说。

那天，会场座无虚席，人们在热切地、焦急地等待着那位当代最伟大的推销员做精彩的演讲。当大幕徐徐拉开，舞台的正中央吊着一个巨大的铁球。为了这个铁球，台上搭起了高大的铁架。

一位老者在人们热烈的掌声中，走了出来，站在铁架的一边。他穿着一件红色的运动服，脚下是一双白色胶鞋。人们惊奇地望着他，不知道他要做出什么举动。

这时两位工作人员，抬着一个大铁锤，放在老者的面前。主持人这时对观众讲："请两位身体强壮的人，到台上来。"好多年轻人站起来，转眼间已有两名动作快的跑到台上。老人这时开口和他们讲规则，请他们用这个大铁锤，去敲打那个吊着的铁球，直到把它荡起来。

一个年轻人抢着拿起铁锤，拉开架势，抡起大锤，全力向那吊着的铁球砸去，一声震耳的响声，那吊球动也没动。他就用大铁锤接二连三地砸向吊球，很快他就气喘吁吁。另一个人也不示弱，接过大铁锤把吊球打得叮当响，可是铁球仍旧一动不动。台下逐渐没了呐喊声，观众好像认定那是没用的，就等着老人做出什么解释。

会场恢复了平静，老人从上衣口袋里掏出一个小锤，然后认真地，面对着那个巨大的铁球。他用小锤对着铁球"咚"敲了一下，然后停顿一下，再一次用小锤"咚"敲了一下。人们奇怪地看着，老人就那样"咚"敲一下，然后停顿一下，就这样持续地做。

10 分钟过去了，20 分钟过去了，会场早已开始骚动，有的人干脆叫骂起来，人们用各种声音和动作发泄着他们的不满。老人仍然一小锤一停地工作着，他好像根本没有听见人们在喊叫什么。人们开始愤然离去，会场上出现了大块大块的空缺。留下来的人们好像也喊累了，会场渐渐地安静下来。

大概在老人进行到 40 分钟的时候，坐在前面的一个妇女突然尖

中小学生课间十分钟阅读系列丛书

叫一声："球动了！"霎时间会场立即鸦雀无声，人们聚精会神地看着那个铁球。那球以很小的幅度摆动了起来，不仔细看很难察觉。老人仍旧一小锤一小锤地敲着，人们好像都听到了那小锤敲打吊球的声响。吊球在老人一锤一锤的敲打中越荡越高，它拉动着那个铁架子"咣、咣"作响，它的巨大威力强烈地震撼着在场的每一个人。终于场上爆发出一阵阵热烈的掌声。在掌声中，老人转过身来，慢慢地把那把小锤揣进兜里。

老人开口讲话了，他只说了一句话："在成功的道路上，你没有耐心去等待成功的到来，那么，你只好用一生的耐心去面对失败。"

■心灵感悟

成功往往不是一蹴而就的，需要付出时间和精力，甚至需要无数次失败作铺垫。只有坚定地朝着成功的方向奋进，才不至于让失败阻拦了我们前进的步伐。

◆ 苍蝇与蜜蜂

美国康奈尔大学的威克教授曾做过一个实验：把几只蜜蜂放进一个平放的瓶子中，瓶底向着有光的一方，瓶口敞开。但见蜜蜂们向着有光亮处不断飞动，不断撞在瓶壁上。最后当他们明白，自己永远都飞不出这个瓶底时，于是不愿再浪费力气，它们停在光亮的一面，奄奄一息。

威克教授于是倒出蜜蜂，把瓶子按原样放好，再放入几只苍蝇。不到几分钟，所有的苍蝇都飞出去了。原因很简单，苍蝇们并不朝着一个固定的方向飞行，它们会多方尝试，向上、向下、向光、背光，一方不通立刻改变方向，虽然免不了多次碰壁，但它们最终会飞向瓶颈，并顺着瓶口飞出。它们用自己的不懈努力改变了像蜜蜂那样的命运。

威克教授于是总结出一个观点：横冲直撞总比坐以待毙要高明得多。

心灵感悟

成功并没有什么秘诀，就是在行动中尝试、改变，再变、再尝试……直到成功。有的人成功了，只因为他比我们犯的错误、遭受的失败更多。

发现就是成功之门

有位年轻人乘火车去某地。火车行驶在一片荒无人烟的山野中，人们一个个百无聊赖地望着窗外。

前面有一个拐弯处，火车减速，一座简陋的平房缓缓地进入他的视野。也就在这时，几乎所有乘客都睁大眼睛"欣赏"起寂寞旅途中这道特别的风景。有的乘客开始窃窃议论起这房子来。

年轻人的心为之一动。返回时，他中途下了车，不辞辛苦地找到了那座房子。主人告诉他，每天，火车都要从门前驶过，噪音实在使他们受不了啦，很想以低价卖掉房屋，但很多年来一直没有人问津。

不久，年轻人用 3 万元买下了那座平房，他觉得这座房子正好处在拐弯处，火车经过这里时都会减速，疲惫的乘客一看到这座房子就会精神一振，用来做广告是再好不过的了。

很快，他开始和一些大公司联系，推荐房屋正面这道极好的"广告墙"。后来，可口可乐公司看中了这个广告媒体，在 3 年租期内，支付给年轻人 18 万元租金……

这是一个绝对真实的故事。在这个世界上，发现就是成功之门。

■ 心灵感悟

有时成功很简单，只需要你付出一丝细微的洞察力。对于生活，我们应多观察，也许不经意的一瞥就能发现成功的秘诀。

◆ 比尔·盖茨成功的奥秘

比尔·盖茨是世界上最富有的人之一，是个人资产达 55 亿美元的"微软"公司创始人。

年纪轻轻的他是如何迅速地取得如此的成就呢？又如何准确把握了发展的前景呢？请首先看他少年时代的一段故事。

他读 6 年级时就终日埋头苦学，喜欢躲在地下室里。母亲叫他吃晚饭时，他总是爱理不理。

"你究竟在搞什么呀？"母亲有一次实在气坏了，冲着室内的他吼起来。

"我在思考。"盖茨用同样的嗓门回敬。

"你在思考？"妈妈犯疑了。

"是的，妈妈！"盖茨语不饶人，同时发出反问："妈妈，你试过思考吗？"

一直到他事业有成之日，他每天只睡 6 个小时，其余时间仍旧是思考与工作，工作与思考。他自认为是工作狂，当然也是个思考狂。思考使他开心、忙碌，使他精神百倍。

比尔·盖茨是 20 世纪最伟大的"创新者"之一，他把电脑操作的软件伸入到电脑中，使在全球普及个人电脑成为可能。比尔·盖茨的创新意识极强。他时常这样说："我们离破产只有 18 个月。"为了使他的"视窗"不被历史所淘汰，他要求在一年半的时间内就必须把他的产品升级一次。比尔·盖茨所拥有的财富，是靠他的创新精神换来的，这与他从小养成爱思考的习惯密不可分。

■ 心灵感悟

敢于创新的人是善于思考的人，财富需要创新，科学需要创新，知识也一样需要创新。要获得成功，也唯有创新。

❖ 从修理工到司法部长

约翰·斯科特是纽卡斯尔一个煤矿修理工的儿子，小时候很淘气，在学校里更是一个不可救药的人——偷抢别人的果园是他小时候最喜欢做的事。他的父亲一开始想把他送到杂货店里当学徒，但后来还是决定把他留在身边继承煤矿修理工的职业。后来，他哥哥从牛津大学毕业，获得了学位，写信给父亲说："把杰克送到我这里来，我会好好教导他的。"于是，约翰被送到了牛津。在那里，通过哥哥的帮助以及自己的努力，他获得了奖学金。

在假期里，约翰·斯科特恋爱了。他和心上人一起私奔，越过了边境，然后结了婚。约翰·斯科特的朋友们当时认为，他的一生肯定给毁掉了。结婚时约翰·斯科特没有房子也没有钱，几乎连一分钱都没有，他还失去了奖学金。后来，约翰·斯科特和新婚的太太一起来到伦敦，在克斯特雷租了一间小房子，安心学习法律。每天早上 4 点约翰·斯科特就起床了，一直学到深夜，犯困了就用一块湿毛巾敷在头上。由于太穷，约翰·斯科特无法在专门的律师指导下学习，因此他抄写了 3 卷判案例集的手稿。

终于，约翰·斯科特通过了律师资格考试，但是他等了很长时间才找到工作。第一年，他的薪水只有 9 先令。之后的 4 年中，他勤奋地工作，奔波于伦敦法院和北部巡回审判之间，一步步向前发展。刚开始时，即使在自己的家乡，约翰·斯科特也只能接到一些为穷人打官司的案子。那时候的结果令他失望，后来他几乎决定放弃在伦敦的事业，在别的省城找一份律师的工作。约翰·斯科特的哥哥给家里写信说："弟弟的工作很无奈，非常枯燥！"但是，就像他幸运地逃脱了成为杂货店学徒、煤矿修理工和乡村牧师的命运一样，约翰·斯科特最终逃脱了成为一名乡村律师的命运。

约翰·斯科特终于获得了一个机会，得以展示自己通过勤奋学习获得的广博的法律知识。在这个案子中，他提出了一个反对代理人和聘请自己的委托人意愿的法律疑点。当地法院做出的判决并不支持他，但是后来上诉到最高法院，特罗贵族推翻了以前的判决，做出了支持斯科特主张的最后判决。离开最高法院的那天，一个律师走过来，拍拍他的肩膀说："年轻人，你的一生衣食无忧了。"事实证明，预言是正确的。曼斯菲尔德贵族曾经说，他要么不接案子，一接就是年薪 3000 里拉。

约翰·斯科特年仅 32 岁，就被任命为皇家法律顾问，并担任北部巡回审判的首席法官，还成为威布雷市的议会代表。虽然他早年的工作非常不如意，但他没有退缩，勤奋地学习，为他后来的成功打下了坚实的基础。他凭意志力、知识、能力、勤奋赢得了成功。后来，约翰·斯科特还先后被任命为律师和司法部长，很快又升到了最高职位——皇家授予的英国贵族大臣，担任这一职务达25年之久。

■心灵感悟

　　成功需要机遇，更需要持之以恒的信念与毅力。伟大的成功必历经重重困难，只有勇于前行，永不退缩，成功才不再遥远。

◆ 成功与失败

　　你的头脑是一个"思想制造工厂"，一个非常忙碌、每日制造无数思想的工厂。

　　工厂由两位工头负责。一位我们称他为成功先生，另一位我们称他为失败先生。成功先生负责正面思想的生产，他的专长是生产你之所以可以、够资格，以及会成功的理由。另外一位工头失败先生负责生产负面、自贬的思想，他是替你制造你之所以不能、不精、不足成事理由的专家。生产为什么你会失败的思想，是他的专长。

　　成功先生和失败先生都非常听话，你只要稍稍给他们信号，他们就马上采取行动。如果讯号是正面的，成功先生就会出来执行命令。反之，负面的讯号，失败先生就会出来完成任务。

　　想要了解这两位工头对你的影响，你不妨这么做：告诉你自己"今天真倒霉"。失败先生一接到这个信号，立刻制造出几个事实证明你是对的。他会让你觉得今天太热或太冷、生意冷清、售货量减少、有人不耐烦、你生病、你太太心情不好。失败先生非常有效率，不到一会儿工夫，你就感到今天真倒霉。

如果你告诉自己"今天是个好日子"。成功先生接到讯号就会出来执行任务，他告诉你"今天是个好日子、天气好，你仍然快乐地活着，你又可以赶些进程"。那么，今天就是个好日子。

同理，失败先生让你相信你无法说服史密斯先生，成功先生则告诉你可以。失败先生说你会失败，成功先生则让你相信你会成功。失败先生找了冠冕堂皇的理由叫你不喜欢汤姆，成功先生则叫你相信汤姆是值得喜欢的。

你给他们的信号愈多，他们就变得愈有权力。如果失败先生的工作增加，也就会增添人员，占据脑部更多的空间。最后他就霸占了整个思想工厂，可想而知，所有生产出来的思想都将是负面的。

所以最聪明的办法就是开除失败先生。你不需要他，你也不想他在你旁边告诉你这不能、那办不到、会失败什么的。既然他无法帮你达到成功的目的，干脆一脚把他踢开。

完全重用成功先生，不论任何思想进入你的脑中，派成功先生去执行任务，他将引你步向成功。

■ 心灵感悟

成功之路就像一场马拉松比赛，比赛途中，有可能被失败所打败，但只要有足够的毅力和决心，一定可以跑到比赛的终点。

❖ 鼓 励

第二次世界大战后期盟军发动的一次大攻势期间，盟军统帅艾森豪威尔（后来成为美国第34任总统）有天在莱茵河附近散步，遇见一名看来神情沮丧的大兵。

"你还好吗，孩子？"他问道。

"将军，"那年轻人回答，"我烦得要死。"

"那你跟我真是难兄难弟，"艾森豪威尔说，"因为我也很心烦。也许，如果我们一起散散步，对大家都会有好处。"

没有打官腔，也没有讲任何的大道理。将军的这几句话却具有鼓励作用！让神情沮丧的大兵顿时遣散了心中的烦闷。

我曾由于钦仰霍华德·韩德利克斯，决定参加一个他参与主持的讲习班。他的风格、诚意、才华和信心，都从他所说的每一句话中充分表露了出来。他可真是我见过的最出色教师。

但不久之后，我泄气了，认为自己永远不可能比得上他。

有一天，他似乎察觉到了我的心意，或许那也是全班的共同感受。于是，他停止了授课，开始坦诚地对我们说起自己的经历。他平静地叙述他的失败，又说他曾几次想放弃教学生涯。我们听了都不禁笑了起来，但随即就觉得心里很难受和很同情他。我了解到他也是血肉之躯，不是完人，和我们大家没有两样。

"人生不是百米短跑，"他鼓励我们说，"它是一场马拉松比赛，最后获胜的通常都是那些像你我那样拖着沉重脚步慢慢奔跑的人。"

一句简单的话却重新竖立起了我的信心。

■ 心灵感悟

一句箴言说："一句简单话，若说得适当，有如银盘中放上金苹果。"鼓励的话就是激励人一直向前的动力。

中小学生课间十分钟阅读系列丛书

◆ 选定一把椅子

　　意大利著名男高音歌唱家卢西亚诺·帕瓦罗蒂回顾自己走过的成功之路时，他说：

　　"当我还是个孩子时，我的父亲，一个面包师，开始教我学习歌唱。他鼓励我刻苦练习，培养嗓子的功底。后来，在我的家乡意大利的蒙得纳市，一位名叫阿利戈·波拉的专业歌手收我做他的学生，那时，我还在一所师范学院上学。在毕业时，我问父亲：'我应该怎么办？是当教师还是成为一个歌唱家？'

　　"我父亲这样回答我：'卢西亚诺，如果你想同时坐两把椅子，你只会掉到两把椅子之间的地上。在生活中，你应该选定一把椅子。'

　　"我选择了。我忍住失败的痛苦，经过七年的学习，终于第一次正式登台演出。此后我又用了七年的时间，才得以进入大都会歌剧院，现在我的看法是：不论是砌砖工人，还是作家，不管我们选择何种职业，都应有一种献身精神。坚持不懈是关键。选定一把椅子吧。"

■ 心灵感悟

　　人生应当选定一个方向，然后朝定这个方向不懈地奋斗，不畏艰难险阻，勇往直前，成功就指日可待。

退学的戴尔

　　男孩子的父母希望自己的儿子能成为一位体面的医生。可是男孩读到高中便被计算机迷住了，整天鼓捣着一台现在十分落后的苹果机，他把计算机的主板拆下又装上。

　　男孩的父母很伤心，告诉他，他应该用功念书，否则根本无法立足于社会。可是，男孩说："有朝一日我会开一家公司。"父母根本不相信，还是千方百计按自己的意愿培养男孩，希望他能成为一位医生。

　　不久，男孩终于按照父母的意愿考入了一所大学的医科，可是他只对电脑感兴趣。在第一学期，他从当时零售商处买来降价处理的 IBM 个人电脑，在宿舍里改装升级后卖给同学。他组装的电脑性能优良，而且价格便宜。不久，他的电脑不但在学校里走俏，而且连附近的法律事务所和许多小企业也纷纷来购买。

　　第一个学期快要结束的时候，他告诉父母，他要退学。父母坚决不同意，只允许他利用假期推销电脑，并且承诺，如果一个夏季销售不好，那么，必须放弃电脑。可是，男孩电脑生意就在这个夏季突飞猛进，仅用了一个月的时间，他就完成了 18 万美元的销售额。

　　他的计划成功了，父母很遗憾地同意他退学。

　　他组建了自己的公司，打出了自己的品牌。在很短的时间内，他良好的业绩引起投资家的关注。第二年，公司顺利地发行了股票，他拥有了 1800 万美元的资金，那年他才 23 岁。

中小学生课间十分钟阅读系列丛书

10年后，他创下了类似于比尔·盖茨般的神话，拥有资产达43亿美元。他就是美国戴尔公司总裁迈克尔·戴尔。

比尔·盖茨曾经亲自飞赴他的住所向他祝贺，比尔·盖茨对他说："我们都坚守自己的信念，并且对这一行业富有激情。"

每项奇迹开始时总是始于一种伟大的想法。或许没有人知道今天的一个想法将会走多远，但是，我们不要怀疑，只要沉下心来，努力去做，让心中的杂音寂静，你就会听见它们就在不远处，而且伸手可及。

心灵感悟

坚持梦想，不为追梦途中的失败经历所打倒，不为别人的意见所左右，朝着自己的目标一路前行，就会获得与戴尔一样的成功。

❖ 没有 "随便" 这份工作

有人问罗斯福总统夫人："尊敬的夫人，你能给那些渴求成功的人一些建议吗？"

总统夫人谦虚地摇摇头，但她又接着说："不过，先生，你的提问倒令我想起我年轻时的一件事——

"那时，我在本宁顿学院念书，想边学习边找一份工作做，最好能在电信业找份工作，这样我还可以修几个学分。我父亲便帮我联系，约好了去见他的一位朋友，当时任美国无线电公司董事长的萨尔洛夫将军。

"等我单独见到萨尔洛夫将军时，他便直截了当地问我想找什么样的工作，我想：他手下的公司任何工种都让我喜欢，无所谓选不选了。便对他说，随便哪份工作！

"只见将军停下手中忙碌的工作，眼光注视着我，严肃地说，年轻人，世上没有一类工作叫'随便'，成功的道路是目标铺成的！

"将军的话让我面红耳赤，这句发人深省的话语，伴随我的一生，让我以后非常努力地对待每一份新的工作。"

■ **心灵感悟**

拥有坚定的目标就会有奋斗的方向，如果只是随便地对待学习和工作，我们就很难在一个方面取得成就。

◆ 再坚持一分钟

爱·罗塞尼奥是第七届国际马拉松赛冠军。当他从领奖台上走下来的时候，有记者问他，是什么力量让他坚持到最后，跑在最前面？他想了想，就讲了一个自己的故事。

在上中学的时候，有一次他参加学校举办的 10 公里越野赛。开始，他跑得很轻松，慢慢地，他感觉有些跑不动了，汗流浃背，脚底发虚，很想停下来歇一歇，喝口水。这时，一辆校巴开了过来，校巴是专门在赛跑路线上接送那些跑不动或者受伤的学生的。他很想上车，但还是忍住了。

又跑了一段时间，他感到两眼模糊，胸口发紧，双腿灌铅似的沉重，停下来休息的愿望强烈地袭了上来。又一辆校巴开过来了，他迟疑了一下，还是压制住了他那极速膨胀的渴望，继续朝前跑。

不知又跑了多久，到了一个小山坡前，他感到眼冒金星，全身虚脱，两条腿似乎不再属于自己。他觉得现在要爬上眼前这个小小的山坡，对他来说绝不亚于攀登珠穆朗玛峰。他绝望了，不再坚持，当校巴再一次开过来的时候，他没有犹豫，上去了。

没想到的是，校巴开过那个小山坡一拐弯就到了终点。他后悔极了，要是再坚持一分钟，冲刺一下，就能越过小山坡，跑到终点，那是多么令人骄傲的事情啊！

从那以后，每次参加比赛，当感到自己跑不动、快要泄气的时候，他就不断地对自己说："再坚持一分钟，快到终点了！"就这样，他一直跑到世界冠军的领奖台！

■心灵感悟

在妥协的心理即将占据我们心灵的时候，我们应不断地在心里告诫自己："坚持，坚持，再坚持"，因为坚持就是最后的胜利。

❖ 第二次机会

1962 年，他出生于法国南部的一个小镇。从 7 岁那年开始，一种叫"成骨发育不全"的软骨病改变了他的一生。一直到成年，他身高不足 1.1 米，手足无力，生活无法自理，形同一个废人。

13 岁那年，一次偶然的机会，父亲发现他对音乐有着浓厚的兴趣，就试着让他参与剧团演出。当时的剧团，正需要一名他这样的丑角兼配角。剧团里有位小号演奏家布鲁内，在跟他合作几次之后，发现他在钢琴弹奏方面有着特殊的悟性，就把他推荐给打击乐演奏家洛马诺重点培养。在两位音乐家的帮助下，15 岁那年，他推出了个人的第一张专辑《闪光》，优美的旋律加上残疾人的身份，一举轰动了法国音乐界。

在音乐的熏陶下，他忘记了肉体的不便与痛苦。他的钢琴越弹越好，名气越来越大，从 1987 年开始，不到 10 年时间，他的足迹遍及纽约、伦敦、米兰、东京、巴黎等著名音乐城市，成为名噪一时的世界级钢琴大家，他的名字叫米歇尔·贝楚齐亚尼。

有人问起贝楚齐亚尼成功的秘诀，他说了这样一句话："我是一个不幸的人，但幸运的是，我把握了命运的第二次机会。"

对这个"第二次机会"，贝楚齐亚尼是这样解释的："观众们第一次来看我演出，只是出于对我外表的好奇。如果不能用音乐征服他们，他们就不会再来看我的演出了。只有音乐，与众不同的音乐，才能让他们记住我，才能给我改变命运的第二次机会。"

为了把握好这个第二次机会，贝楚齐亚尼付出了常人难以想象的努力：每天，他拖着残疾的躯体，在钢琴旁一坐就是 8 个多小时。他的左手严重变形，手掌、手腕往内倾斜，视力、听力不健全，行动极为不便。即使在这样的情况下，他仍是几十年如一日坚持练习。成名之后，他每年的演出超过 180 场，每天 8 小时的练琴时间也从未间断，直到在钢琴琴键上折断了他的指骨，再也无法弹琴。

贝楚齐亚尼一生只度过了短暂的 36 年，然而，他的毅力、他的精神、他把握命运的第二次机会，足以让他成为世界音乐史上一座不朽的丰碑。

■心灵感悟

命运关上了你的一扇窗，必定为你打开另一扇窗。只要我们善于把握机会，就能创造生命的奇迹。

中小学生课间十分钟阅读系列丛书

❖ 成功需要胆识

一个园艺师向一个日本企业家请教说："社长先生，您的事业如日中天，而我就像一只蚂蚁，在地里爬来爬去的，一点出息也没有，什么时候我才能赚大钱，能够成功呢？"企业家对他和气地说："这样吧，我看你很精通园艺方面的事情，我工厂旁边有2万平方米空地，我们就种树苗吧！一棵树苗多少钱？"

"40元。"

企业家又说："那么以一平方米地种两棵树苗计算，扣除道路，2万平方米地大约可以种2.5万棵，树苗成本刚好100万元。你算算，3年后，一棵树苗可以卖多少钱？""大约3000元。"

"这样，100万元的树苗成本与肥料费都由我来支付。你就负责浇水、除草和施肥工作。3年后，我们就有600万的利润，那时我们一人一半。"企业家认真地说。

不料园艺师却拒绝说："哇！我不敢做那么大的生意，我看还是算了吧。"

是呀，一句"算了吧"就把到手的成功机会轻轻地放弃了，我们每天都梦想着成功，可是机遇到来的时候，却不敢去尝试，只有对失败的顾虑，以致失去了成功的机会。

一句话，成功是需要胆识的，要敢于尝试！

■ 心灵感悟

只有敢于尝试，敢于行动，才会有成功的可能。对失败的顾虑常常阻碍我们行动的步伐。

自己先站起来

从前，有个生麻风病的人，病了近40年，一直躺在路旁，等人把他指到有神奇力量的水池边。但是他躺在那儿近40年。仍然没有往水池目标迈进半步。

有一天，天神碰见了他，问道："先生，你要不要被医治，解除病魔？"

那麻风病人说："当然要！可是人心好险恶，他们只顾自己，绝不会帮我。"

天神听后，再问他说："你要不要被医治？"

"要，当然要啦！但是等我爬过去时，水都干涸了。"

天神听了那麻风病人的话后，有点生气，再问他一次："你到底要不要被医治？"

他说："要！"

天神回答说："好，那你现在就站起来自己走到那水池边去，不要老是找一些不能完成的理由为自己辩解。"

听后，那麻风病人深感羞愧，立即站起身来，向池水边走去，用手心盛着神水喝了几口。刹那间，他那纠缠了近40年的麻风病竟然好了！

◼心灵感悟

面对困难，首先要有战胜困难的决心，然后要有试一试的行动力。我们首先战胜了自己，困难也就不难战胜了。

中小学生课间十分钟阅读系列丛书

别把困难在想象中放大

琼斯大学毕业后如愿考入当地的《明星报》任记者。这天，他的上司交给他一个任务：采访大法官布兰代斯。

第一次接到重要任务，琼斯不是欣喜若狂，而是愁眉苦脸。他想：自己任职的报纸又不是当地的一流大报，自己也只是一名刚刚出道、名不见经传的小记者，大法官布兰代斯怎么会接受他的采访呢？同事史蒂芬获悉他的苦恼后，拍拍他的肩膀，说："我很理解你。让我来打个比方——这就好比躲在阴暗的房子里，然后想象外面的阳光多么的炽烈。其实，最简单有效的办法就是往外跨出第一步。"

史蒂芬拿起琼斯桌上的电话，查询布兰代斯的办公室电话。很快，他与大法官的秘书接上了号。接下来，史蒂芬直截了当地道出了他的要求："我是《明星报》新闻部记者琼斯，我奉命访问法官，不知他今天能否接见我呢？"旁边的琼斯吓了一跳。

史蒂芬一边接电话，一边不忘抽空向目瞪口呆的琼斯扮个鬼脸。接着，琼斯听到了他的答话："谢谢你。明天 1 点 15 分，我准时到。"

"瞧，直接向人说出你的想法，不就管用了吗？"史蒂芬向琼斯扬扬话筒，"明天中午 1 点 15 分，你的约会定好了。"一直在旁边看着整个过程的琼斯面色放缓，似有所悟。

多年以后，昔日羞怯的琼斯已成为了《明星报》的台柱记者。回顾此事，他仍觉得刻骨铭心："从那时起，我学会了单刀直入的方法，做来不易，但很有用。而且，第一次克服了心中的畏怯，下一次就容易多了。"

有时困难在想象中会被放大一百倍，事实上，走出了第一步，就会发现那些麻烦与困难有时只是自己吓自己。

心灵感悟

其实困难并不可怕，可怕的是在困难面前，我们的心灵率先妥协，并在心里放大困难的程度。只要我们突破心里的畏惧，困难就一定能被战胜。

再试一次

众所周知，石头是坚硬的，而水是柔软的。然而软水却穿透了硬石，这只是因为坚持不懈而已。

有个年轻人去微软公司应聘，而该公司并没有刊登过招聘广告。见总经理疑惑不解，年轻人用不太娴熟的英语解释说自己是碰巧路过这里，就贸然进来了。总经理感觉很新鲜，破例让他一试。面试的结果出人意料，年轻人表现糟糕。他对总经理的解释是事先没有准备，总经理以为他不过是找个托词下台阶，就随口应道："等你准备好了再来试吧。"

一周后，年轻人再次走进微软公司的大门，这次他依然没有成功。但比起第一次，他的表现要好得多。而总经理给他的回答仍然同上次一样："等你准备好了再来试。"就这样，这个青年先后5次踏进微软公司的大门，最终被公司录用，成为公司的重点培养对象。

■ 心灵感悟

　　很多时候，一次尝试的失败就会阻碍我们再次行动。少数的人却不被失败所打倒，依然执著地追逐梦想，往往成功也属于这少数能坚持的人。

◆ 天道酬勤

　　没有人能只依靠天分成功。上帝给予了天分，勤奋将天分变为天才。

　　一天，曾先生在家读书，对一篇文章重复不知道多少遍了，还在朗读。因为，他还没有背下来。这时候他家来了一个贼，潜伏在他的屋檐下，希望等读书人睡觉之后捞点好处。可是等啊等，就是不见他睡觉，还是翻来覆去地读那篇文章。贼人大怒，跳出来说，"这种水平读什么书？"然后将那文章背诵一遍，扬长而去！

　　贼人是很聪明，至少比曾先生要聪明，但是他只能成为贼，而曾先生却成为毛泽东主席都钦佩的人："近代最有大本夫源的人。"

　　"勤能补拙是良训，一分辛苦一分才。"那贼的记忆力真好，听过几遍的文章都能背下来，而且很勇敢，见别人不睡觉居然可以跳出来"大怒"，教训曾先生之后，还要背书，扬长而去。但是遗憾的是，他名不经传，曾先生后来启用了一大批人才，按说这位贼人与曾先生有一面之交，大可去施展一二，可惜，他的天赋没有加上勤奋，变得不知所终。

■ 心灵感悟

　　天道酬勤，勤奋努力终能取得成功，哪怕是天才也是依靠勤奋的学习修来的。所以，一定要记住"勤能补拙是良训，一分辛苦一分才"这句箴言。

◆ 成功青睐狂者

1965 年，一个 19 岁的美籍犹太青年考入了加州大学长滩分校，攻读电影及电子艺术专业。大三时，这个狂热地做着导演梦的小伙子拍了一部 24 分钟的短片。讲的是一对在沙漠相遇的年轻恋人的故事。

那时，环球公司是每一个想进入好莱坞的电影人梦中的圣地。1968 年，该公司的行政长官西德尼·乔·辛伯格偶然看到了这个青年拍的爱情短片。影片刚一放完，辛伯格便激动地从椅子上弹起来，对他的助手说："我认为它棒极了！我喜欢这个导演挑选的演员，以及影片通过演员所表现出来的风格，请你尽快安排这个导演来见我。"

第二天，助手向他报告：查遍资料，原来这个青年并不是导演，只是个大三学生，但不知他是哪所大学的。辛伯格回答：我不管他是谁，也不管他在哪儿，我要见他！

一个星期后，助手费尽周折终于在长滩找到了这个尚在读书的青年。

"我喜欢你的电影。我们签个合同吧。"辛伯格见到这个青年时，开门见山地发出邀请。

青年犹豫地说："可我才读大三，还有一年才毕业呢。"不过，青年知道，以他这个年龄想当上大公司的电影导演几乎是不可能的。

所以，他明白眼前是一个千载难逢的机会。

"你是想上大学还是想当导演？"辛伯格问。

一分钟，仅仅一分钟，青年头上开始冒汗了。他艰难但坚定地开口了："我父亲永远不会原谅我现在离开大学的。"他停顿了一下，站起身，补充道："我是犹太人！"

辛伯格当然明白，犹太人是一个非常重视教育的民族，大学未毕业就出来工作，这是他们不可想象的事情。

当天下午，青年便与辛伯格所在的环球公司签了一份标准的"自愿服务"7年的合同。在合同的限制下，青年等于是把自己的每一分钟都卖给了环球公司。好莱坞把这叫做"死亡条约"，只有精神不正常的人或者有着疯狂野心的人才会签这种合同。

当然，这份合同对辛伯格来说也是一场豪赌：让一个名不见经传，甚至大学尚未毕业的人做导演，这可是公司从未有过的事，说其同样疯狂一点也不过分。

事实上，不论是这个青年还是辛伯格，都是"精神不正常的人"或"有着疯狂野心的人"，因为这个青年陆续拍出了《大白鲨》、《外星人》、《侏罗纪公园》、《辛德勒名单》等传世杰作。

青年名叫斯蒂芬·斯皮尔伯格，一个电影史因之而更加辉煌的名字。

斯皮尔伯格选择当导演，他付出了辍学的代价，承受了来自父亲的怨恨以及放弃了长达7年的自由身。然而，没有这些代价，没有疯狂追逐梦想的勇气，他不可能取得这样的成功，因为成功总是青睐狂者。

心灵感悟

胆识是一个人取得成功的基本素质。伟人的成功往往是因为具有超越常人的魄力，这种勇气值得我们学习。

◆ 想象人生

有一个 23 岁的女孩子，她除了有着丰富的想象力之外，与别人相比没有什么不同，平常的父母，平常的相貌，上的也是平常的大学。

大学的宽松环境让她有了更多的时间去想象，她的脑海中常会出现童话中的情景：穿着白衣裙的美丽姑娘、蔚蓝的天空、绿绿的草地，当然，还有巫婆和魔鬼……他们之间有着许多离奇的故事，她常常动手把这些想法写下来，并且乐此不疲。

在大学里，她爱上了一个男孩，他的举止和言谈真的和童话里一样，他是她想象中的"白马王子"，她很爱他。但是，他却受不了她的脑海中那荒唐的不切实际的想法。她会在约会的时候，突然给他讲述一个刚刚想到的童话，他烦透了这样的远离人间烟火的故事。他对她说："你已经 23 岁了，但你看来永远都长不大。"他弃她而去。

失恋的打击并没有停止她的梦想和写作。25 岁那年，她带着一些淡淡的忧伤和改变生活环境的想法，来到了她向往的具有浪漫色彩的葡萄牙。在那里，她很快找到了一份英语教师的工作，业余时间继续写她的童话。

一位青年记者很快走进了她的生活，青年记者幽默、风趣而且才华横溢。她爱上了他，并且很快步入了婚姻的殿堂。

但她的奇思异想还是让他苦不堪言，他开始和其他姑娘来往。不久，他们的婚姻走到了尽头，他留给她一个女儿。

她经受了生命中最沉重的一击。祸不单行的是离婚不久，她又被学校解聘了，无法在葡萄牙立足的她只得回到了自己的故乡，靠领取社会救济金和亲友的资助生活。

但她还是没有停止她的写作，现在她的要求很低，只是把这些童话故事讲给女儿听。

有一次，她在英格兰乘地铁，她坐在冰冷的椅子上等晚点的地铁到来，一个人物造型突然涌上心头。回到家，她铺开稿纸，多年的生活阅历让她的灵感和创作热情一发不可收拾。

她的长篇童话《哈利·波特》问世了，并不看好这本书的出版商出版了这本书。没想到，该书一上市就畅销全国，销量达到了数百万之多，所有人都为此感到吃惊。

她叫乔安娜·凯瑟琳·罗琳，她被评为"英国在职妇女收入榜"之首，被美国著名的《福布斯》杂志列入"100名全球最有权力名人"，名列第25位。

心灵感悟

每个人都会有想象，但想象最终总被岁月无情地夺去，只留下苍白而又简单的色彩。在这个世俗而又讲求直接的物质社会中，人们总是认为想象与成功之间的距离遥不可及。其实并不是如此，成功与失败的分水岭其实就是能否把自己的想象坚持到底。

只管向前奔跑

贝基拉出生在埃塞俄比亚的一个贫苦的家庭，很小的时候，他就渴望成为一名驰骋赛场的长跑健将。他时常站在训练场边，羡慕地看运动员们的训练。但极度贫寒的家境，让他自卑得有些羞愧——他不仅拿不出训练费，连最便宜的普通跑鞋也买不起。

那天，贝基拉不知不觉地又走到训练场边，望着跑道上那些奔跑的身影，他既羡慕又难过，心头奔跑的希望亮起来，又暗淡下去。

一位跨栏教练员听了贝基拉的倾诉，将他带到一组很矮的栏杆前，让他一路跑过去，他轻松地跨越一个个栏杆；教练员又指了指那组已升高到足有 1.5 米的栏杆，让他再试一试，他努力了好几次，也没能跨过去。

这时，教练员平静地告诉他："孩子，你刚才所说的那些困难。就像眼前的这一道道栏杆，它们会横在每个人的面前，那些你现在跨不过去的栏杆，可以在一次次的失败后，最终跨越它们，你还可以踢翻它们，也可以绕过它们，你只需盯准你向往的前方，只管努力地向前奔跑，相信没有什么可以拦住你的梦想的。"

教练员的一席话重新点燃了贝基拉的希望，从此，买不起跑鞋的贝基拉开始了他坚定而执著的赤脚奔跑训练，广袤的原野、泥泞的山路、坚硬的戈壁滩上……随处可见他奔跑的身影，他已练出了一双铁脚板。数年后，他成了埃塞俄比亚著名的马拉松运动员。

1960 年罗马奥运会马拉松赛场上，贝基拉一出现，便引起人们的关注，因为他是唯一赤脚的运动员。在数万名现场观众热烈的掌声中，贝基拉为他的祖国赢得了一块沉甸甸的金牌。

距 1964 年的东京奥运会开幕前还有 20 多天。贝基拉动了一次手术，很多人以为他会放弃比赛。然而，32 岁的他不仅出现在马拉松赛场上，而且再夺金牌，成为奥运史上第一个蝉联这个项目冠军的选手，也成为埃塞俄比亚的民族英雄。

面对记者蜂拥而至的话筒，贝基拉激动地感慨道："一切都很简单，只要站在跑道上，就没有什么障碍可以拦住奔跑的雄心，就只管向前，再向前，一路向前地奔赴梦想的终点。"

在大千世界中，我们每个人面前都可能会横着一些诸如清贫、疾病、磨难之类的障碍，只要不失去向前奔跑的雄心，就能勇敢地跨越它们，踢翻它们，绕过它们，就会抵达梦想的前方。

❖ 二十枚硬币的谎言

在剑桥大学历史系的陈列馆里，有一份很特别的藏品，那是一枚普通的硬币和 18 颗随处可见的石子。这是 1963 年，由 5 名历史系学生从南美洲丛林里带回的考古成果。

这一年，剑桥大学历史系教授老詹姆斯博士和他的 5 名学生组成一个考古队，到南美洲的原始森林进行印第安遗迹考察。但不幸的是，他们在这片世界最大的丛林里迷失了方向，已整整 3 天没有同外界联系了，淡水和食物也已经所剩无几，5 个年轻人彻底绝望了，他们对能活着走出丛林完全失去了信心。

第四天早晨，走在队伍前面的老詹姆斯教授突然兴奋地叫了一声："我们有救了。" 5 个年轻人走上前把教授围在中间，他们不解地看着教授郑重紧握的左手。这时，教授把手突然摊开，他的掌心里，是一枚生锈的硬币。

但一枚硬币能代表什么呢？看着 5 个年轻人沮丧眼神中透出的一点好奇，老詹姆斯开始讲述一段往事：10 年前，自己随另外一支考古队来过这片丛林，当时，为了怕迷路，大家进入丛林时，每隔一段距离就在一根枯树桩上放一枚硬币，总共放了 20 枚，那次，大家就是按照硬币指引的路线走出丛林的。听着这段往事，再看着老詹姆斯掌心里的那枚硬币，5 个年轻人眼里开始有兴奋涌动。

教授把硬币塞进悬挂在腰间的一个口袋，然后信心十足地说："要能找到这 20 枚硬币，我们就能走出丛林了。我们就能活着回到伦敦！"他的话是那样有诱惑力，以致每个人都感觉失去的力量又回到了身上。

这天下午，幸运之神再次向他们招手，走在前而的教授又发现了第二枚硬币，大家更加兴奋了，他们对能活着走出丛林不再有一点疑虑。

第二天，第三天，以后，每天都有二到三枚硬币被教授发现，他腰间的那个口袋渐渐鼓起，丛林里条件恶劣、危机四伏，有豆大的蚊子、剧毒的蟒蛇，更要命的是，他们的食物也已即将告罄，但这些与教授口袋里的硬币撞击声所带给大家的希望相比，就显得微乎其微了。唯有教授反而越来越沉默了。

到了第九天，大家真的已经精疲力竭了，每个人都知道，已经坚持不了多久了。紧要关头，第 19 枚硬币被教授奇迹般地发现了。一想到马上就要走出这可恶的丛林了，大家浑身就充满了力量，5 个年轻人唱着歌把所有的食物都拿出来，共同分享这最后的丛林晚餐。只有教授在一旁忧心忡忡，一言不发。

第十天，大家很早就出发了。教授照例走在大家前面，但也走得很慢很慢，就在刚刚出发 10 分钟左右，大家突然发现前面的教授扶着一株橡树慢慢倒下去了。当大家走上去想努力扶起他时，年迈的教授已因耗尽体力溘然逝去了。

大家悲伤地埋葬了教授的遗体。在整理教授遗物时，一个人打

中小学生课间十分钟阅读系列丛书

开了那个口袋。那一刻，所有人都惊呆了：口袋里只有一枚硬币和18颗圆石！

5个年轻人蓦然了悟：可敬的师长用20枚硬币的谎言让本已绝望的他们又在丛林里向希望走了一个星期之久，就在他们百感交集的时候，一阵伐木的电锯声从不远处传来，5个年轻人获救了。

回到伦敦后，他们把这枚硬币和18颗石子小心地收藏起来，因为这是他们考古生涯中最珍贵的发现。

心灵感悟

人在极其艰难的环境中，只有目标能坚定我们前进的步伐。所以，在人的一生里，目标是不可缺少的。

真情小故事

鸟儿的回报

　　森林里生长着各式各样的树，这些树大部分都会在春天里开花，然后在夏天或秋天里结果。

　　很多鸟儿常常到森林里来。它们有时候唱歌，有时候玩耍，有时候捉虫。它们常常会在森林里呆上很长的一段时间，然后飞到外面去，飞到外面很远的地方呆上几个月再回来。

　　有时候，这些鸟儿在森林里找不到食物，它们便会向结了果实的大树请求帮助，很多树拒绝了鸟儿的请求，它们舍不得献出自己的果实，即使早已看到鸟儿饥肠辘辘。

　　只有一棵大树很热情地给予鸟儿们帮助，它对鸟儿说："来吧，尽情地吃吧，填饱你们的肚子才能有力气做事！"

　　这棵大树对于鸟儿们的请求，总是无私地给予帮助。

为了感谢大树的帮助，鸟儿总是把最美的歌献给大树，总是尽自己最大的努力为大树梳妆打扮，并在外出远游的时候，把大树的种子带到世界各地。

很多年后，当大树的子孙后代遍布世界各地，变得兴旺发达的时候，那些曾经拒绝给鸟儿们以帮助的树才明白：原来帮助别人的时候，也是帮助自己。

心灵感悟

常常怀着帮助他人的美好心灵，自己也能从中获取快乐。关爱他人吧，这也是关爱自己。

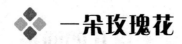

一朵玫瑰花

有位绅士在花店门口停了车，他打算向花店订一束花，请他们送去给远在故乡的母亲。

绅士正要走进店门时，发现有个小女孩坐在路上哭，绅士走到小女孩面前问她说：

"孩子，为什么坐在这里哭？"

"我想买一朵玫瑰花送给妈妈，可是我的钱不够。"孩子说。绅士听了感到心疼。

"这样啊……"于是绅士牵着小女孩的手走进花店，先订了要送给母亲的花束，然后给小女孩买了一朵玫瑰花。走出花店时绅士向小女孩提议，要开车送她回家。

"真的要送我回家吗？"

"当然啊！"

"那你送我去妈妈那里好了。可是叔叔，我妈妈住的地方，离这里很远。"

"早知道就不载你了。"绅士开玩笑地说。

绅士照小女孩说的一直开了过去，没想到走出市区大马路之后，随着蜿蜒山路前行，竟然来到了墓园。小女孩把花放在一座新坟旁边，她为了给一个月前刚过世的母亲献上一朵玫瑰花，而走了一大段路。绅士将小女孩送回家中，然后再度折返花店。他取消了要寄给母亲的花束，而改买了一大束鲜花，直奔离这里有 5 小时车程的母亲家中，他要亲自将花献给妈妈。

■ 心灵感悟

爱是相通的，它可以感染他人。在忙碌的学习工作生活中，不要忘了给我们无私大爱的母亲，常回报伟大的母爱吧！

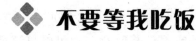

不要等我吃饭

一队探险队员在山上遇到了恶劣的天气，他们只得停下来，支起帐篷，等待暴风雪过去。可一晚上过去了，帐篷外的暴风雪依旧肆虐着，整个世界都被白色统治了。探险队员们正遇到一个难以解决的问题，他们的食物已经不多了，而且他们的队员中还有一人的腿被严重地冻伤了。

"怎么办？"汉密尔顿向大家问道，"如果我们不能在大雪封山之前走出去，那我们只能留在这里，永远地留下！"

"是的，你说得对，我们的食物也不够了，而且劳伦斯被冻坏了腿。"年轻的豪斯曼说。

"是个问题，我们能不能走出去还不一定，更何况还有个受伤的人。"小眼睛的维兰德说。

"这不是问题的关键，最重要的是我们大家要团结。虽然很困难，但我们一定能克服。"队长艾伦说道。

在另一个帐篷里，受伤的劳伦斯正在思考一件他一生里最重要的事情。"怎么办？如果再耽误下去，所有人都不能活着回去。"有着丰富经验的劳伦斯清楚地知道后果。"对，就这样做吧！"劳伦斯对自己说。

争论还在进行，大家依然没有讨论出一个走出去的好办法。

"我出去一下，可能要一阵子，不要等我吃饭了。"劳伦斯走出帐篷说。

"劳伦斯，你不能这样！我不会让你一个人留下。"艾伦喊道。

"亲爱的艾伦，不要这样，你一定跟我一样清楚，如果不立即行动，大家都走不出去。"劳伦斯平静地说。

"但是，劳伦斯，我们可以帮你，我们可以一起走！"豪斯曼说道。他清楚地记得，要不是劳伦斯，他可能早就葬身峡谷里了。

"不要傻了，带上一个腿受伤的人，所有的人都不要想走出去。"劳伦斯接着说，"再说，我的腿被冻得很厉害，即使真的出去了，也会残疾，我最不想看到那样的结果。"

"不，我们不能这样，我们可以死在一起！"豪斯曼说。

"你错了，你一定要清楚地记得，你活着不光是为了自己。难道你忘记了你的家人，你的朋友，还有你那漂亮的未婚妻。你们的亲人都在等待你们回去。"劳伦斯平静地说，"而我是一个人，没有多少牵挂。所以，这样的决定是非常正确的。"

维兰德和汉密尔顿没有说话，因为他们知道劳伦斯说的是对的。所有的人都看着劳伦斯，他们眼里含着泪水，这样的决定对现场的每一个人都是一种残酷的折磨。

"行了，伙伴们。不要这样，我只不过是去天堂，你们应该祝福我！"说完，劳伦斯拄着拐杖，朝另一个方向走去。

最后，探险队走出了大雪山，但他们每个人都清楚地记得那句话："我要出去一下，可能要一阵子，不要等我吃饭了"。

■心灵感悟

现代人越来越缺少自我牺牲的精神，而这精神是那样的可贵。记住，把爱给予别人，你会获得加倍的爱的！

◆ 学会付出

中小学生课间十分钟阅读系列丛书

有一个人在沙漠走了两天，途中遇到暴风沙。一阵狂沙过后，他已辨不出正确的方向。正当快撑不住时，突然，他发现了一间被废弃的小屋。他拖着疲惫的身子走进了屋内。这是一间不通风的小屋子，里面堆了一些枯朽的木材。他近乎绝望地走到后院，竟意外地发现了一架抽水机。

他狂喜地上前汲水，可是怎么抽也抽不出半滴水来。他颓然坐地，却发现抽水机旁有一个用软木塞堵住瓶口的小瓶子，上面贴了一张泛黄的纸条，纸条上写着："你必须用水灌入抽水机才能引水。但是不要忘了，在你离开前，请再将水装满！"他急忙地拔开瓶塞，发现瓶子里果然装满了水。他的内心开始激烈地交战。如果自私点，只要将瓶子里的水喝掉，他就不会渴死，就能活着走出这间屋子；如果照纸条说的做，把瓶子里仅有的水倒入抽水机内，万一抽不出水来，他就会渴死在这地方了……到底要不要冒险？

最后，他决定把瓶子里仅有的水，全部灌入那架看起来破旧不堪的抽水机，然后用颤抖的双手汲水——水真的源源不断地涌了出来！

他喝足水后，又把瓶子装满水，用软木塞封好，想了想，又在原来那张纸条后面，加了他自己的留言：请相信我，真的有用，在获得之前，要先学会付出。

■心灵感悟

一分付出一分收获。请先学会付出，才能更快乐地收获。

❖ 窗外的风景

从前有两个重病人，同住在一家大医院的小病房里。房间很小，只有一扇窗子可以看见外面的世界。其中一个人，在他的治疗中，被允许在下午坐在床上一个小时（有仪器从他的肺中抽取液体）。他的床靠着窗，但另外一个人终日都得平躺在床上。

每当下午睡在窗旁的那个人在那个小时内坐起的时候，他都会描绘窗外景致给另一个人听。从窗口向外看可以看到公园里的湖，湖内有鸭子和天鹅。孩子们在那儿撒面包片，放模型船，年轻的恋人在树下携手散步，在鲜花盛开、绿草如茵的地方人们玩球嬉戏，后头一排树顶上则是美丽的天空。

另一个人倾听着，享受每一分钟。他听见一个孩子差点跌到湖里，一个美丽的女孩穿着漂亮的夏装……他朋友的述说几乎使他感觉自己亲眼目睹外面发生的一切。

然而，在一个天气晴朗的午后，他心想：为什么睡在窗边的人可以独享看外头的权利呢？为什么我没有这样的机会？他觉得不是滋味，他越这么想，就越想换位子。他一定得换才行！有天夜里他盯着天花板瞧，另一个人忽然惊醒了，拼命地咳嗽，一直想用手按铃叫护士来。但这个人只是旁观而没有帮忙——尽管他感觉同伴的呼吸已经停止了。第二天早上，护士来的时候那人已经死了。护士们只能静静地抬走了他的尸体。

过了一段时间后，这人开口问，他是否能换到靠窗户的那张床上。他们搬动了他，帮他换位子，使他觉得很舒服。他们走了以后，他企图用手肘撑起自己，吃力地往窗外望……

窗外只有一堵空白的墙。

心灵感悟

与人相处，要学会换位思考。"以小人之心，度君子之腹"往往会误解别人的本意。如果将心比心地看待别人，事情的结果会大不同。换位思考才能悦纳别人。

◆ 生意人

热闹拥挤的火车站旁边，一个双腿残疾的人坐在地上，面前摆着十来把小刀，写着"一元钱两把"。

大多数过路的旅客都把这个残疾人当成了乞丐，忽略了这些可怜的商品，他们好心地丢下一些零钱，然后匆匆而去。

一个出差的生意人看来赚了不少钱，他注意到这个残疾人，拿出 100 元漫不经心地丢在后者面前。

但是走了不久，他又回来了，他蹲下来，认真地挑拣了两把小刀，抱歉地对这残疾人说："我需要小刀在火车上削水果，你真是一个有头脑的生意人。你运气真好，我身上刚好没有零钱了；你不用找钱给我，因为火车马上就要开了。"

3 年过去了，生意人又一次出差经过这个火车站，他想好好吃一顿再上火车，他走进一家装修得不错的餐馆，美美地吃了一顿。

结账的时候，老板微笑着说道：

"我一直期待你的出现。你是第一个把我当做生意人看待的人，你看，我现在是一个真正的生意人了。今后，这里的大门永远对你免费敞开。"

饭店老板正是 3 年前的那个残疾人。

■ 心灵感悟

每个人都渴望得到别人的尊重。在尊重中我们才有强大的动力去实现我们的梦。所以请尊重他人的每一个行为，这也是尊重自己。

◆ 施舍

一天，俄国的屠格涅夫和一位富人一起，行走在大街上。

这时，一位跛腿的可怜乞丐拦住了他俩，向他俩伸出了肮脏的双手，乞求施舍。

富人为了显示自己的爱心和大方，从自己怀里掏出一枚金币，扔在地上，说："拿去！"

屠格涅夫在怀里摸索了半天，没有找到一个子儿，不安地对乞丐说："兄弟，真对不起！我什么也没带，唯有真心地祝你情况好转。"

富人不耐烦地说："去去去，臭乞丐！你没见你眼前这位拿不出钱来的是位大作家啊？"

乞丐吃力地睁大他那红肿的双眼，对屠格涅夫作揖道："兄弟，哪儿的话，您这也是一种施舍啊，我，谢谢您！"

乞丐跛着腿走远了，富人不解地问："这乞丐怪里怪气的，他不感谢给他金币的人，相反感谢你的空话！"

"不错！我比你得到的更多，你没有得到他的施舍，而我得到了！"屠格涅夫道。

■心灵感悟

生活窘迫的人一样有让人尊重的权利，我们应平等地去关爱每一个人，那么我们将获得别人更多的尊敬。

❖ 永世难忘的陌生人

1912 年 4 月 14 日，号称"不沉之舰"的泰坦尼克号豪华客轮在向美洲进发的处女航中，不幸触冰山遇难，船身开始下沉。船上 2200 多名乘客开始惊慌地离开沉船，争乘为数不多的救生艇，妇女和儿童先上。这时候，一名中年妇女对着一只已坐满人的救生艇大声喊道："有谁能给我让个位置出来吗？我的两个孩子在这只艇上！"

有人回答："再没有位置了，再上人这艇就要沉了！"

"妈妈——"两个小孩子眼看就要与妈妈离开，忍不住哭喊起来，中年妇女心如刀绞。

坐在孩子身边的一位陌生姑娘慢慢地站了起来，离开救生艇，

回到沉船上，对那位心痛欲绝的母亲说："现在你孩子身边有个空位，你快上吧。我没有结婚，没有孩子！"

两个小时以后，泰坦尼克号沉没，这位陌生的姑娘同船上1500多人不幸遇难。没有人了解她更多的情况，只听说她叫文文思，独自乘船回自己在波士顿的家。但那位获救的母亲和她的孩子们，永远也忘不了这位好心的救命恩人。

■心灵感悟

母爱的伟大让所有人都为之动容，一样能感动陌生的人。为母爱常怀感恩的心吧，世界将充满爱。

◆ 开门的小女孩

有一个穷苦的学生，为了凑齐所有的学费到处地推销商品。为了凑齐所有学费，他又不愿意多花钱买食物，于是便向他人乞讨食物。

他敲了一户人家的门，开门的是个小女孩。他便失去了勇气，心想：我一个大男生怎好向小女孩要食物？所以，他只向小女孩要了一杯开水。

小女孩看出他很饥饿，便进去拿了一杯开水和几个面包，他飞快地接了过去，狼吞虎咽地吃着。小女孩看到他吃东西的模样，偷偷地笑着。

吃完后问小女孩："我需要付给你多少钱。"

小女孩笑着说："不用了，这样的东西我家里还有好多。"

穷学生心想：没想到在这陌生的地方还会受到别人这么温馨的

照顾。

多年以后长大了的小女孩感染上了罕见的疾病，许多医生都束手无策。小女孩的家人听说有一位医生医术高明，找他治疗或许可以治愈。家人便带着她去治疗，经过医生的全力治疗和长期护理，小女孩很快便痊愈，恢复了以往的健康。

出院时护士给她医疗费账单，她没有勇气打开来看，心知要一辈子辛苦地工作才能还清这笔医疗费；最后小女孩还是打开了，只见签字栏写着一段话：

"一杯开水和几个面包足以偿还所有医疗费"。小女孩流下了眼泪，原来主治医生就是当年的穷学生。

心灵感悟

爱的付出总会有爱的回报。懂得关爱他人的人，同样会得到他人的关爱。

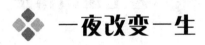

一夜改变一生

在一个风雨交加的夜晚，一对老夫妇到一家旅店投宿。服务台一位年轻人热情地接待了他们："很抱歉，由于举办大型会议，我们这两天的房间全满了，而且，附近几家饭店都是如此。"

老夫妇满脸的遗憾，无奈地转身向外走。这时，青年服务员又拦住了他们："太太、先生，如果你们不嫌弃，可以在我的房间暂住一晚，因为在这样的夜晚投宿无门实在是太糟糕了。"

没有其他办法，老夫妇一边道谢，一边接受了。

第二天早上，老夫妇再次向青年人道谢，并把房钱递给他。青年人拒绝了："不，先生。我只是把自己的房间借给你们住，这不属于经营范畴。"离开时，老先生对青年人说："好样的，或许有一天，我会为你建一所饭店。"青年人笑了笑，并没在意。

数年后，青年人忽然收到老先生的信，请他到曼哈顿去。青年人在曼哈顿一幢豪华建筑物前又见到了老先生，老先生指着身后的建筑物说："还记得我说过的话吗？这就是我为你修建的饭店。"

不久，这个青年人果真成了这家饭店的总经理，他做梦也没有想到，自己不经意的一夜真诚竟换来了一生的回报。

心灵感悟

　　对他人的一次援助并不会损害自身的利益，却给他人带去了温暖，帮助他人解决了问题。或许是偶然的真诚奉献，却能获得意想不到的回报。但付出必须是不计回报的。

◆ 为土拨鼠辩护

　　在美国新罕布什尔的一个农场，有一个名叫丹尼尔的小男孩。一年夏天，在离丹尼尔家不远的一个小山脚下，一只土拨鼠刨了一个洞穴。每到深夜，这只土拨鼠就会溜出洞穴，偷吃丹尼尔家菜园里的卷心菜和其他蔬菜。

　　丹尼尔和他的哥哥伊齐基尔决定捉住这只偷菜贼。土拨鼠非常狡猾，小哥儿俩费了许多心思，才终于捉住了它。但是，对如何处理这只土拨鼠，两人有不同的看法。

　　"它干了许多坏事，我要将它处死。"伊齐基尔说。

　　"不，不能伤害它。"丹尼尔反对道，"我们可以把它送到山上的森林里，然后放了它。"

小哥儿俩争执不下，于是他们拎着装土拨鼠的笼子，找到父亲，想让他裁决。

"孩子们，"他们的父亲想了想说，"我们能不能这样解决问题：让我们设立一个模拟法庭，我当法官，你们俩为律师，一个指控土拨鼠，一个为它辩护，然后我根据你们的辩论再作出判决。"

伊齐基尔作为起诉人首先发言。他列举了土拨鼠的种种劣行，并以常识说明土拨鼠的本性是改不了的，因此绝对不可信任。他还提到了他们为捉住土拨鼠所投入的大量时间和精力。他强调说，如果放了土拨鼠，就等于纵容犯罪，今后它会变本加厉，做出更多的坏事来。

"土拨鼠的皮，"伊齐基尔最后说，"可以卖 10 美分。尽管这是很小的数目，但是多多少少总能补偿一点它偷吃卷心菜给我们家造成的经济损失。如果将它放了，那么我们家的损失一分钱也挽回不了。显而易见，它的死比生更有价值，所以应该立即将它处死。"

伊齐基尔的发言有理有据，让"法官"频频点头。

轮到丹尼尔为挽救土拨鼠的生命而辩护了。他抬起头，看着"法官"的脸，说："土拨鼠和我们一样生活在地球上，因此，它也有享受阳光和空气的权利，它也有行走在田野和森林里的自由。

"我们拥有各种各样的食物，甚至可以将飞禽走兽当成盘中餐，难道我们就不能拿出一点儿食物与这只同我们一样有生存权的可怜动物分享吗？

"土拨鼠和那些凶残的动物不同，并不给任何人造成伤害。它只不过是吃一些卷心菜，而这是它维特生命所必需的。它的需求非常有限，一个洞穴和一点点食物，仅此而已。我们凭什么说它不能拥有这些呢？看看它恳求的目光和因为害怕而颤抖的身子吧，它不会说话，无法替自己辩护，只能用这样的方式为自己宝贵的生命求得继续生存的机会。我们还忍心处死它吗？我们还要为弥补那么一点点经济损失而剥夺一个和我们同样生活在地球上的生命吗？"

"法官"听到这儿，竟忍不住两眼饱含热泪。"伊齐基尔，放了土拨鼠！"他喊道。然后，他走上前，抱住了丹尼尔。他为儿子感到自豪，相信总有一天丹尼尔会名扬天下。

他没有失望。

他的这个儿子就是19世纪早期美国最有名望的政治家与演说家丹尼尔·韦伯斯特。1841年，他出任美国国务卿。

■心灵感悟

对生命，特别是幼小的生命都同样充满了仁慈之心，那么他一定是一个热爱生活、热爱一切的人。充满爱心的人总能赢得世界对他的爱。

◆ 感恩的回报

在一个闹饥荒的城市，一个家庭殷实而且心地善良的面包师把城里最穷的几十个孩子聚集到一块儿，然后拿出一个盛有面包的篮子，对他们说："这个篮子里的面包你们一人一个。在上帝带来好光景以前，你们每天都可以来拿一个面包。"

瞬间，这些饥饿的孩子一窝蜂似的涌了上来，他们围着篮子推来挤去大声叫嚷着，谁都想拿到最大的面包。当他们每人都拿到了面包后，竟然没有一个人向这位好心的面包师说声谢谢，就走了。

但是有一个叫依娃的小女孩却例外，她既没有同大家一起吵闹，也没有与其他人争抢。她只是谦让地站在一步以外，等别的孩子都拿到以后，才把剩在篮子里最小的一个面包拿起来。她并没有急于离去，而是向面包师表示了感谢，并亲吻了面包师的手之后才向家走去。

第二天，面包师又把盛面包的篮子放到了孩子们的面前，其他孩子依旧如昨日一样疯抢着，羞怯、可怜的依娃只得到一个比头一天还小一半的面包。当她回家以后，妈妈切开面包，许多崭新、发亮的银币掉了出来。

妈妈惊奇地叫道："立即把钱送回去，一定是揉面的时候不小心揉进去的。赶快去，依娃，赶快去！"当依娃把妈妈的话告诉面包师的时候，面包师面露慈爱地说："不，我的孩子，是我故意把银币放进小面包里的，我要奖励你。愿你永远保持现在这样一颗平和、感恩的心。回家去吧，告诉你妈妈这些钱是你的了。"她激动地跑回了家，告诉了妈妈这个令人兴奋的消息，这是她的感恩之心得到的回报。

■心灵感悟

对别人的帮助就是一束明亮的光，它照亮人性里最柔软温暖的地方，以唤起沉睡的心灵的感动，让世界谱写爱的序曲。

❖ 沙漠里的友谊

曾经有两个人在沙漠中行走，他们是很要好的朋友。在途中不知道什么原因，他们吵了一架。其中一个人打了另一个人一巴掌，那个人很伤心很伤心，于是他就在沙里写道：今天我朋友打了我一巴掌。

写完后，他们继续行走。他们来到一块沼泽地里，那个人不小心踩到沼泽里面，另一个人不惜一切拼了命地去救他。最后那个人得救了，他很高兴很高兴，于是拿了一块石头在上面刻下：今天我朋友救了我一命。

朋友一头雾水，奇怪的问："为什么我打了你一巴掌，你把它写在沙里，而我救了你一命你却把它刻在石头上呢？"

那个人笑了笑回答道："当朋友对我有误会，或者做了什么对我不好的事，就应该把它记在最容易遗忘、最容易消失不见的地方，由风负责把它抹掉。而当朋友有恩于我，或者对我很好的话，就应该把它记在最不容易消失的地方，尽管风吹雨打也忘不了。"

■ 心灵感悟

"永记他人恩情，忘怀他人伤害"不是每一个人都做得到。但是能同时做到这两点的人，一定是大爱无疆的人。在人生的旅途中，记住他人对自己恩惠，忘记自己对别人的怨恨，我们才能活得洒脱而轻松、自由而惬意。

❖ 小孩的心

有一位单身女子刚搬了家，她发现隔壁住了一户穷人家，一个寡妇与两个小孩子。

有天晚上，那一带忽然停了电，那位女子只好自己点起了蜡烛。不一会儿，忽然听到有人敲门。

原来是隔壁邻居的小孩子，只见他紧张地问："阿姨，请问你家有蜡烛吗？"女子心想，他们家竟穷到连蜡烛都没有吗？千万别借给他们，免得被他们依赖了！

于是，女子对孩子吼了一声说："没有！"正当她准备关上门时，那穷小孩展开关爱的笑容说："我就知道你家一定没有！"说完，竟从怀里拿出两根蜡烛，说："妈妈和我怕你一个人住又没有蜡烛，所以我带两根来送你。"此刻女子自责、感动得热泪盈眶，将那小孩子紧紧地拥在怀里。

■ 心灵感悟

从小就怀着对他人的关爱之心，让自己在爱的付出与收获中成长，相信这样的成长是充满阳光、充满快乐的。

◆ 烈日下的守望

一位考生家长突然在考点门前晕倒了。这个家长很古怪，考试一开始，他就带着个马扎，坐在考点门口那块开阔地上，目不转睛地盯着一个考场的窗口。这几天气温特别高，他却一直在烈日下暴晒，身子像生了根，一动不动，后来终于受不住烈日的炙烤，晕倒了。

记者到医院采访这位家长，问他为什么要坐在考点门口开阔地的烈日下，他说女儿的考场正对着大门，自己坐在那里，女儿透过窗户就会看到他。女儿才15岁，平时胆子就小，这是她第一次独自面对这么大的考验，难免会心慌意乱。如果她能看到爸爸，考试时就会很镇定，很从容……

记者告诉他，考场靠窗一侧是走廊，不可能直接看见门口的开阔地，这位家长直摇头，说，无论如何我都不能离开的，因为我告诉过孩子，我会一直坐在那里。

记者心里发出声感叹，这世上有多少位父亲，就有多少份对儿女的爱。

■心灵感悟

母爱伟大，父爱也一样。母亲的爱是甜甜软软的棉花糖，父亲的爱则是夏日烈日下的遮阴树。

◆ 最后一支蜡烛

这天晚上，贝克医生正在医院值夜班，突然一个大约十五六岁的男孩被母亲送进急诊室，男孩一直在对母亲咆哮。原来，他在刚刚举办的毕业晚会上，把眼睛弄伤了。起因是母亲给他买了一双新鞋，新鞋的防滑效果不好，男孩在表演的过程中，不慎从台上重重地摔下，眼眶恰巧碰到了桌角上。

此时，男孩的母亲像一个无助的孩子，一言不发地站在角落里，泪流满面地任凭男孩责骂。

贝克医生好言安抚着情绪激动的男孩，让他有一个良好的心态接受治疗。

幸好，手术非常顺利，可尽管如此，男孩还是难以原谅他的母亲。

手术后，贝克医生给男孩缠上了纱布，并且建议他不要在强光下逗留太久。

当晚，班上所有的同学都来病房看他，每人手里都捧着一支蜡烛。漆黑的病房里，瞬时红光闪耀。

同学们开始回忆温暖的往事，畅想自己的未来。可到了最后，还是阻挡不了离别的伤感。他们相约，在各自的蜡烛上用笔划出自己的名字，谁走了，就吹灭一支蜡烛，然后送给男孩。

此时的男孩已经能够透过纱布，隐约看到这些微弱的光亮了。猛然，其中的一支蜡烛灭了，紧接着，大半的蜡烛开始相继熄灭，整个病房也瞬时暗了下来。男孩的声音开始有些哽咽。

最后，只剩一支蜡烛在黑暗中强韧地散发着光亮。男孩开始激动地猜测起这捧蜡烛的人："凯丽，是你吗？我知道是你。呵呵，想当初，我还悄悄暗恋过你呢。"

那一夜，烛光和男孩的倾诉一夜未断。直到清晨，男孩才疲倦地睡去。可没多久就醒了过来，吵着要医生帮他解开纱布，然后急急地搜寻着满地长短不一的蜡烛。忽然，他顿住了，因为凯丽的蜡烛是最长的，这说明她是第一个走掉的。那么，最后一支蜡烛是谁捧的呢？

突然，男孩看到隔壁的病床上，母亲正熟睡着，手中握着一支没有名字的粗壮的蜡烛。母亲的手背上，有几道鲜红的印记，是蜡油滴下来凝固而成的。昨夜，是母亲手握一支粗壮的蜡烛，默默陪了他一夜。

■ 心灵感悟

世界上最伟大的爱就是母爱。母亲能为自己的孩子奉献一切，甚至是自己的生命。我们在感受母爱的时候也请回报给母亲同等分量的感恩之心。

最成功的生意

　　父亲是个赚钱的高手，儿子是个用钱的高手，父亲一笔生意赚上百万，儿子一挥手就能用掉上十万。父亲常常劝儿子："学些本事吧，不要只顾着吃喝玩乐，万一有一天我破产了，你可怎么办？"儿子从来没有当回事，他如此能干的父亲怎么会破产呢？他想：就算他死了，也会留下一大笔遗产给我。

　　然而造化弄人，父亲真的破产了。儿子的生活一落千丈，曾经的"好朋友"都消失了，儿子受不了这样的打击，待在房里准备自杀。父亲破门而入，用力给了儿子一个耳光："没出息，钱是我赚的，也是我赔的，与你不相干，我都没想死，你凭什么死？"

　　儿子被打醒了，不知所措，问父亲："现在我该怎么办？"

　　父亲考虑了一会儿说："凭我的面子，也许还能给你找个事做，就怕你吃不了这个苦。"

　　"让我试试吧！"儿子说，他下定决心要自立自强。

　　于是儿子便到了父亲的朋友林先生的公司做了一个小职员，工作很辛苦。开始儿子也想过辞职，但一想到自己富贵时的朋友不再理他，有钱时的女友也讽刺他时，他坚持了过来。他要用自己的努力换取别人真正的尊重。

　　儿子遗传了父亲聪明的头脑和坚韧的性格，再加上自己的刻苦和林先生的指教，他的工作干得有声有色，职位也一步步提升。不到几年的工夫，他就当上了公司的总经理，并且娶了一个贤惠的太太。看着自己的家因为自己的努力变得越来越美满，儿子感到前所未有的充实。

然而，幸运与不幸总是联系在一起的。正当儿子的事业如日中天的时候，父亲病倒了，儿子想尽一切办法都无法挽救回父亲的生命。临终前父亲拉着儿子的手，满脸微笑，很满足的样子。

儿子不知道这是为什么，直到有一天，一个律师找到他……

律师将一份文件交给他，那是父亲的遗嘱，上面写着将自己的财产分成两半，一半送给林先生，条件是他必须将儿子培养成有用之才，另一半留给能干的儿子，暂由林先生掌管经营。如果儿子依然花天酒地，一事无成，这一半就捐给慈善总会。

原来父亲并未破产！儿子对父亲这样的做法实在难以理解。

律师又将一封信交给他：

亲爱的儿子：

当你看到这封信时，我已经不在人世了，你也知道我并非真的破产。

是的，儿子，我没有破产，我只不过用我的全部家当做了我有生以来最大的一笔生意，我成功了。

看着你一天天成长，我觉得我这笔生意做得很值。如果我将我的财产留给你，也许不用几年就会被你败光，而你也会因为无人管教而成为废物。现在我用我有价的财产换来了一个无价的能干的儿子，这怎么不让我高兴？

儿子，相信你也能理解父亲的苦心，如果不是这样，你怎么会找到一个真正爱你的妻子和一帮真正能够患难与共的朋友呢？

好好干，儿子！父亲相信你一定能超过我，创造更多的财富。

■ 心灵感悟

最大的财富不是金钱，而是父母的良苦用心。靠自己的双手挣来的财富比从父母那里继承的财产更有分量。

中小学生课间十分钟阅读系列丛书

❖ 超凡的母爱

　　这是一个不幸的女人，在一个风大雨大的夜晚，一辆车将她从斑马线上撞飞出去，肇事车又在茫茫夜色中逃逸。她又是幸运的，我们交警和医院、保险、社会保障等部门统筹协调，刚刚开通了"交通事故绿色生命通道"。这个"绿色通道"，让她在第一时间得到了最好的医疗救护，没有医疗费用的后顾之忧。

　　自从入院以来，她一直昏迷不醒。医生说她脑部神经受到损伤，也许永远也醒不了。她还有身孕，已经5个多月了。出于治疗上的需要，应该考虑引产。可当她从神经外科转到妇产科病房时，医生却迟迟下不了决心实施这次手术，她腹中的胎儿不仅发育正常，而且一些生命指数上，高于同孕期胎儿，这简直是一个奇迹。

　　她的身世也是个谜。在事故现场，只遗落着她简单的行装。她是谁，她有着怎样的人生？她从哪里来要到哪里去？她的匆匆旅程是与谁相约？她腹中胎儿的父亲又是谁？这其中有着怎样的故事？只要她不清醒，这一切都将无从得知。更没人清楚，她在出事之前，生活得快乐还是忧伤？她得到了妇产科护士最精心的护理，她们让她的身体始终干净清爽，散发着孕妇特有的芬芳。她们愿意与她共同呵护一个生命奇迹。

　　时光在她的昏睡中一天天地过去。后来她被推进了产房，后来医生骄傲地宣布："5斤重的男婴，健康极了！"那一刻许多掌声响起。

　　护士小姐把她的孩子抱来给她看，她们觉得虽然母亲是植物人，但是也应该让母子见见面。她们惊喜地发现她胸前潮湿一片，有乳汁分泌。她们小心翼翼地把婴儿的嘴贴上去。随着婴儿本能地吸吮，她脸上的肌肤竟然在微微颤动，那分明是在笑啊。多少次，每当护士把她的孩子抱来吃奶时，她的脸上都会出现这种幸福洋溢的表情，有时嘴里还会发出含混不清的音节，一如一位快乐的母亲在对着婴儿呢喃细语。

神经科医生以此推论：她的大脑可能一直是有意识的、清楚的，只是神经中枢的连接出了问题，使她失去了语言与行动能力，无法表达自己的思想与感受。

她的身体早已虚弱到了极点。母乳喂养，只能加速她的衰竭。可是，谁又能忍心剥夺她这样一位母亲的哺乳的权利？

3 个月后，当孩子又一次吃饱之后，她终于平静安详地离开了这个世界。很多人都想领养她的孩子。几经权衡，我们还是选择了儿童福利院。福利院长大的孩子都姓"党"，老院长说了，人们不会让这个孩子受到一丁点儿委屈。否则就对不起他妈妈。

依据有关的政策她的丧葬费只有几百元，这是不能把一个人体面地打发上路的。我们交警队事故科的同事，凑了 2000 元钱，请护士小姐们给她买了几件新衣服。护士长却说："不用了，我们都已经准备好了。那一天，我们医院所有已经做了母亲和将来要做母亲的人，都会去送她。"护士长还说，她住院时体重 60.5 公斤，分娩后全重 43 公斤，临终前的体重只有 31.5 公斤。她是在用自己的血肉孕育、哺育这个孩子。本来她生下他后，就可以"走"的，可是她怕自己的孩子没有奶吃，怕他觉得孤独，又坚持着在人生路上陪他走了一段。后来我们用这点钱给她买了块平价墓地。

没有她的名字，没有她的生平资料，所以墓碑上只有一行文字："一个全身上下都闪烁着母爱光辉的女人。"

■■ 心灵感悟

　　世界上所有母亲都是"全身上下都闪着母爱光辉的女人"。让我们更加爱戴自己的母亲一些吧！对于母爱，除了回报，别无其他。

❖ 牛的母爱

　　这是一个真实的故事。故事发生在西部的青海省，一个极度缺水的沙漠地区。这里，每人每天的用水量严格地限定为 1.5 千克，这还得靠驻军从很远的地方运来。日常的饮用、洗漱、洗衣，包括喂牲口，全部依赖这 1.5 千克珍贵的水。

　　人缺水不行，牲畜一样，渴啊！终于有一天，一头一直被人们认为憨厚、忠实的老牛渴极了，挣脱了缰绳，强行闯入沙漠里唯一的也是运水车必经的公路。终于，运水的军车来了。老牛以不可思议的识别力，迅速地冲上公路，军车一个紧急刹车戛然而止。老牛沉默地立在车前，任凭驾驶员呵斥驱赶，不肯挪动半步。5 分钟过去了，双方依然僵持着。运水的战士以前也碰到过牲口拦路索水的情形，但它们都不像这头牛这般倔强。人和牛就这样耗着，最后造成了堵车，后面的司机开始骂骂咧咧，性急的甚至试图点火驱赶，可老牛不为所动。

　　后来，牛的主人寻来了，恼羞成怒的主人扬起长鞭狠狠地抽打在瘦骨嶙峋的牛背上，牛被打得皮开肉绽、哀哀叫唤，但还是不肯让开。鲜血沁了出来，染红了鞭子，老牛的凄厉哞叫，和着沙漠中阴冷的酷风，显得分外悲壮。一旁的运水战士哭了，骂骂咧咧的司机也哭了。最后，运水的战士说："就让我违反一次规定吧，我愿意接受一次处分。"他从水车上到出半盆水——正好 1.5 千克左右，放在牛面前。

出人意料的是，老牛没有喝以死抗争得来的水，而是对着夕阳，仰天长哞，似乎在呼唤什么。不远的沙堆背后跑来一头小牛，受伤的老牛慈爱地看着小牛贪婪地喝完水，伸出舌头舔舔小牛的眼睛，小牛也舔舔老牛的眼睛，静默中，人们看到了母子眼中的泪水。没等主人吆喝，在一片寂静无语中，它们掉转头，慢慢往回走。

 心灵感悟

动物尚且具有母爱，何况充满感情的人呢？有关母爱的故事，总是让人无比感动。

◆ 震撼心灵的爱

男孩与他的妹妹相依为命。父母早逝，她是他唯一的亲人。所以男孩爱妹妹胜过爱自己。然而灾难再一次降临在这两个不幸的孩子身上。妹妹染上重病，需要输血。但医院的血液太昂贵，男孩没有钱支付任何费用，尽管医院已免去了手术费，但不输血妹妹仍会死去。

作为妹妹唯一的亲人，男孩的血型和妹妹相符。医生问男孩是否愿意并有勇气承受抽血时的疼痛。男孩开始犹豫，10 岁的大脑经过一番思考，终于点了点头。

抽血时，男孩安静地不发出一丝声响，只是向着邻床上的妹妹微笑。抽血完毕后，男孩声音颤抖地问："医生，我还能活多长时间?"

医生正想笑男孩的无知，但转念间又被男孩的勇敢震撼了：在男孩 10 岁的大脑中，他认为输血会失去生命，但他仍然肯输血给妹妹。在那一瞬间，男孩所作出的决定是付出了一生的勇敢，并下定了死亡的决心。

医生的手心渗出汗，他紧握着男孩的手说："放心吧，你不会死的。输血不会丢掉生命。"

男孩眼中放出了光彩："真的？那我还能活多少年？"

医生微笑着，充满爱心地说："你能活到 100 岁，小伙子，你很健康！"男孩高兴得又蹦又跳。他确认自己真的没事时，就又挽起胳膊——刚才被抽血的胳膊，昂起头，郑重其事地对医生说："那就把我的血抽一半给妹妹吧，我们两个每人活 50 年！"

所有的人都震惊了，这不是孩子无心的承诺，这是人类最无私最纯真的诺言。

心灵感悟

大人们都不一定做得出的这样的承诺，而一个 10 岁孩子却懂得这无私的奉献，这般纯真的爱让人震撼。

❖ 一只装着碎玻璃的箱子

一位老人失去了妻子，独自生活。老人当了一辈子裁缝匠，最后却穷困潦倒没留下积蓄。老人年纪大了，也干不了活儿了。他的 3 个儿子现在都长大结了婚，各自忙着自己的生活，一星期只能跟老父亲吃一顿饭。老人越来越虚弱，儿子们来看他的时间也越来越少。

一天夜里老人又守着蜡烛孤独地过了一夜，最后想出一个主意。

第二天，老人去找自己的木匠朋友，求他给自己做个大箱子，然后他跟玻璃匠要了一些碎玻璃。

老人把箱子搬回家，装上碎玻璃，上了锁，把它放在厨房的饭桌下。儿子们回家吃饭时，发现了箱子。

"箱子里是什么？"他们问。

"哦，没什么，"老人说，"只是我收藏的一些小东西。"

儿子们推了推箱子，发现很沉，踢一踢，里面叮叮当当地响，他们想："肯定是老头子存的金币。"

儿子们觉得应该看着这箱财宝，于是决定轮流和老人住在一块儿，以便"照顾老人"。第一个星期，小儿子搬到老人家里；第二个星期，二儿子住过来了；第三个星期，大儿子住过来……最后老人去世了。葬礼结束后，儿子们找到钥匙把箱子打开。当然他们看到的只是一箱子碎玻璃。

"多狡猾的老头！"大儿子叫道，"他对自己的儿子们太残忍了！""但是他能怎么办呢？"二儿子悲伤地说，"如果没有箱子，我们恐怕不会去照顾他。""我为自己感到很耻辱，"小儿子抽泣着说，"是我们逼得老父亲行骗。"

但是大儿子不甘心，他把箱子翻过来，希望能在碎玻璃中找到值钱的东西。终于，他们在箱底看到了老人留下的一行字："请你们让父母得到尊重"。

■心灵感悟

亲情是无价的，是维系家庭的纽带。如果一个家庭因为经济的困窘而没了亲情，那么这个家庭就真的一无所有了。

中小学生课间十分钟阅读系列丛书

❖ 中尉的微笑

凤凰卫视台记者卢宇光在俄罗斯采访时听说了这样一个真实的故事：第二次车臣战争时期，俄军攻陷了车臣的首府格罗兹尼。战斗进行得非常惨烈，为彻底消灭躲在角落里的反政府武装，俄军横扫之处，几乎片瓦无存。

一位刚从电话里得知自己已当上爸爸的俄军中尉，在经过一片瓦砾时，听到了一阵哭声。这是一个小女孩的声音，这声音让他马上想起自己还未见过面的女儿，尽管他知道，在车臣，经过的每一处建筑、面对的每一个市民都潜伏着危险，他还是示意手下在一边站着，不要惊吓了小女孩，自己则径直朝她走过去。

他看清了，这是一位年纪约五六岁的小女孩，她的父母显然在俄军猛烈的轰炸中丧生了。看着她那双惊恐的大眼睛，中尉的手不由自主地伸向胸前——那里有一包精美的奶油巧克力，是他搜索藏匿在一家倒塌商场内的车臣武装分子时捡到的，准备带回去送给妻子和女儿。但现在他明白，面前这个小女孩更需要它。

中尉一边微笑着递上巧克力，一边轻轻地问她的名字。小女孩显然是给血腥的战争吓蒙了，惊恐地睁大双眼盯着中尉，同时，使劲往墙角退缩。中尉微笑着上前，摸了摸她那张可爱的小脸蛋，正打算把巧克力塞给她后转身离开，小女孩忽然从身后的破书包里摸出一支手枪，熟练地对准他扣动了扳机……这个故事之所以格外感人，就在于事后家人在清点中尉遗物的时候，有两点令人永生难忘，其一是中尉脸上依旧挂着的慈父般的微笑，其二就是他手中还紧紧攥着那包尚未送出的巧克力。可以想象，就在遇害之前，他仍然把小女孩当作自己的女儿，是心灵深处洋溢的父爱让他忘记了战争和危险。

心灵感悟

慈祥的父爱让人充满了勇气，甚至让人忘记了危险，因为父爱与母爱一样伟大。

哲理小故事

 尽力而为与全力以赴

天猎人带着猎狗去打猎。猎人一枪击中一只兔子的后腿，受伤的兔子开始拼命地奔跑。猎狗在猎人的指示下也是飞奔去追赶兔子。可是追着追着，兔子跑不见了，猎狗只好悻悻地回到猎人身边，猎人开始骂猎狗了："你真没用，连一只受伤的兔子都追不到！"猎狗听了很不服气地回道："我尽力而为了呀！"

再说兔子带伤跑回洞里，它的兄弟们都围过来惊讶地问它："那只猎狗很凶呀！你又带了伤，怎么跑得过它的？""它是尽力而为，我是全力以赴呀！它没追上我，最多挨一顿骂，而我若不全力地跑我就没命了呀！"

■心灵感悟

人本来是有很多潜能的，但是我们往往会对自己或对别人找借口："管它呢，我们已尽力而为了。"事实上尽力而为是远远不够的，尤其是现在这个竞争激烈的年代。我们要常常问问自己："我今天是尽力而为的猎狗，还是全力以赴的兔子呢？"

❖ 苏格拉底和弟子

几个学生向苏格拉底请教人生的真谛。

苏格拉底把他们带到果林边，这时正是果实成熟的季节，树枝上沉甸甸地挂满了果子。"你们各顺着一行果树，从林子这头走到那头，每人摘一枚自己认为是最大最好的果子。不许走回头路，不许做第二次选择。"苏格拉底吩咐说。

学生们出发了。在穿过果林的整个过程中，他们都十分认真地进行着选择。

等他们到达果林的另一端时，老师已在那里等候着他们。

"你们是否都选择到自己满意的果子了？"苏格拉底问。

学生们你看着我，我看着你，都不肯回答。

"怎么啦？孩子们，你们对自己的选择满意吗？"苏格拉底再次问。

"老师，让我再选择一次吧！"一个学生请求说，"我走进果林时，就发现了一个很大很好的果子，但是，我还想找一个更大更好的，当我走到林子的尽头后，才发现第一次看见的那枚果子就是最大最好的。"

另一个学生紧接着说："我和师兄恰巧相反，我走进果林不久就摘下了一枚我认为是最大最好的果子，可是以后我发现，果林里比

中小学生课间十分钟阅读系列丛书

我摘下的这枚更大更好的果子多的是。老师，请让我也再选择一次吧！"

"老师，让我们都再选择一次吧！"其他学生一起请求。

苏格拉底坚定地摇了摇头："孩子们，没有第二次选择，人生就是如此。"

■ **心灵感悟**

对人生具有重大影响的选择机会并不很多。在关键的时候，一定要做出明智的选择，以免造成终身的遗憾。

❖ 向驼鹿推销防毒面具

有一个推销员，他以能够卖出任何东西而出名。他已经卖给过牙医一支牙刷，卖给过面包师一个面包，卖给过瞎子一台电视机。但他的朋友对他说："卖给驼鹿一个防毒面具，你才算是一个优秀的推销员。"

于是，这位推销员不远千里来到北方，那里是一片只有驼鹿居住的森林。"您好！"他对遇到的第一只驼鹿说，"您一定需要一个防毒面具。"

"这里的空气这样清新，我要它干什么？"驼鹿说。

"现在每个人都有一个防毒面具。"

"真遗憾，可我并不需要。"

"过不了多久，"推销员说，"您就会需要一个了。"说完后，他便开始在驼鹿居住的林地中央建造一座工厂。"你真是发疯了！"他的朋友说。"我没疯，我只是想卖给驼鹿一个防毒面具。"推销员回答道。

当工厂建成后，许多有毒的废气从大烟囱中滚滚而出。不久，驼鹿就来到推销员处对他说："现在我需要一个防毒面具了。"

"这正是我想的。"推销员说着便卖给了驼鹿一个。

"真是个好东西啊！"推销员兴奋地说。

驼鹿说："别的驼鹿现在也需要防毒面具，你还有吗？"

"你真走运，我还有成千上万个。"

"可是你的工厂里生产什么呢？"驼鹿好奇地问。

"防毒面具。"推销员兴奋而又简洁地回答。

■ 心灵感悟

需求有时候是制造出来的，解决矛盾的高手往往也先制造出矛盾来。

❖ 沙漠里的胡杨林

有两个人，都在一片荒漠上栽了一片胡杨树苗。

苗子成活后，其中一个人每隔三天，都要挑起水桶，到荒漠中来，一棵一棵地给他的那些树苗浇水。不管是烈日炎炎，还是飞沙走石，那人都会雷打不动地挑来一桶一桶的水，一一浇他的那些树苗。有时刚刚下过雨，他也会来，锦上添花地给那些树苗再浇一瓢。老人说，沙漠里的水漏得快，别看这么三天浇一次，树根其实没吮吸到多少水，水都从厚厚的沙层中漏掉了。

而另一个人就悠闲得多了。树苗刚栽下去的时候，他来浇过几次水，等到那些树苗成活后，他就来得很少了，即使来了，也不过是到他栽的那片幼林中去看看，发现有被风吹倒的树苗的顺手扶一把，没事儿的时候，他就在那片树苗中背着手悠闲地走走，不浇一点儿水，也不培一把土，人们都说，这人栽下的那片树，肯定成不了林。

过了两年，两片胡扬林树苗都长得有茶杯粗了，忽然有一夜，狂风从大漠深处卷着一柱柱的沙尘飞来，飞沙走石，电闪雷鸣，狂风卷着滂沱大雨肆虐了一夜。第二天风停的时候，人们到那两片细林里一看，不禁十分惊讶：原来辛勤浇水的那个人的树几乎全被暴风给刮倒了，有许多的树几乎被暴风连根拔了出来，摔折的树枝、倒地的树干、被拔出的一蓬蓬黑的根须，简直惨不忍睹。而那个悠闲的不怎么给树浇水的人的林子，除了一些被风撕掉的树叶和一些被折断的树枝外，几乎没有一棵被风吹倒或者吹歪的。

大家都大惑不解。

那人微微一笑说："他的树这么容易就被风暴给毁了，就是因为他的树浇水浇得太勤，施肥施得太勤了。"

人们更迷惑不解了，难道辛勤为树施肥浇水是个错误吗？

那人顿了顿，叹了口气说："其实树跟人是一样的，对它太殷勤了，就培养了它的惰性，你经常给它浇水施肥，它的根就不往泥土深处扎，只在地表浅处盘来盘去。根扎得那么浅，怎么能经得起风雨呢？如果像我这样，把它们栽活后，就不再去理睬它，地表没有水和肥料供它们吮吸，逼它们不得不拼命向下扎根，恨不得把自己的根穿过沙土层，一直扎进地底下的源泉中去，有这么深的根，我何愁这些树不枝叶繁茂，何愁这些树会轻易就被暴风刮倒呢？"

■ 心灵感悟

别给生命以适合的温床，生命的温床上只能诞生生命的灾难。要想使你生命之树能根深叶茂顶天立地，那就不能给它太足的水分和肥料，逼迫它奋力向下自己扎根。不管是一棵草、一棵树，怎样的条件就会造成怎样的命运。温床上是长不出参天大树的，襁褓里藏着的绝不是伟人。

泥人过河

有一天，上帝宣旨说，如果哪个泥人能够走过指定的那条河流，他就会赐给这个泥人一颗永不消失的金子心，赐给他天堂的美景。

这道旨意下达后，泥人们久久都没有回应。不知道过了多久，终于有一个小泥人站了出来，想要试着过河。可是其他泥人都七嘴八舌地劝阻他：

"泥人怎么可能过河呢？你不要做梦了。"

"你知道，肉体一点点失去时是什么感觉？"

"你将会成为鱼虾的美味，连一根头发都不会留下。"

然而，这个小泥人决意要过河。他不想一辈子只做个小泥人，他想拥有自己的天堂，想拥有一颗永不消失的金子心。但是他知道，要到天堂，得先过地狱。而他的地狱，就是他将要经历的这条河。

小泥人来到河边，犹豫了片刻，他的双脚终于踏进水中。一种撕心裂肺的痛楚顿时覆盖了他，他感到自己的脚在飞快地溶化，灵魂正一分一秒地远离自己的身体。

"快回去吧，不然你会毁灭的！"河水咆哮着说。

小泥人没有回答，只是沉默着忍受剧痛往前挪动，一步，又一步。这一刻，他忽然明白，他的选择使他连后悔的机会都没有了。如果倒退上岸，他就是一个残缺的泥人；如果在水中迟疑，只能加快自己的毁灭。而上帝给他的承诺，却遥不可及。小泥人孤独而倔强地走着。这条河真宽啊，仿佛耗尽一生也走不到尽头。他向对岸望去，看见了美丽的鲜花、碧绿的草地和快乐飞翔的小鸟。也许那就是天堂的生活，可是他付出了一切也似乎不能抵达。上帝没有赐给他出生在天堂成为花草的机会，也没有赐给他一双小鸟的可以飞翔的翅膀，但是他自己放弃了安稳的生活，就不能后悔，必须一直向前走。小泥人继续向前挪动，一厘米，一厘米，又一厘米……鱼虾贪婪地咬着他的身体，松软的泥沙使他摇摇欲坠，有无数次，他都被波浪呛得几乎窒息。小泥人真想躺下来休息一会儿啊，可他知道，一旦躺下来，他就会永远站不起来了，连痛苦的机会都会失去。他只能忍受、忍受、再忍受。奇妙的是，每当小泥人觉得自己就要死去的时候，总有什么东西使他能够坚持到下一刻。不知道过了多久——简直就到了让小泥人绝望的时候，他突然发现，自己居然上岸了。他如释重负，欣喜若狂，正想往草坪上走，又怕自己身上的泥土玷污了天堂的洁净。他低下头，开始打量自己，却惊奇地发现，他的身体已经不再是泥土——他已经变成了一颗金灿灿的心！

■ 心灵感悟

生命的河流充满了杂乱的鹅卵石，时时让我们伤痕累累。拥有一颗金子般明亮的心能帮助我们看清河流中的石头，帮助我们跨越无数的障碍。

◆ 真理与谎言

从前，真理与谎言在路上相遇了。在相互问好之后，谎言问：

"你最近还好吗?"

"不好。"真理叹了口气,"你知道,现在这个世道对我这样的人来说简直太难过了。"

"是的,我明白这点。"谎言说着打量了一下衣衫褴褛的真理,"看你的样子,好像很长时间没有吃顿好饭了。"

"说实话,我挨饿已经很长时间了。"真理承认说,"好像现在谁也不想雇佣我。无论我去哪里,大多数人都不理睬我,有的还嘲笑我,这太让我灰心了。我开始问自己为什么要忍受这一切。"

"对呀,你为什么要忍受这一切呢?跟我走,我会教你如何做事。你不能像我这样饱食终日、衣冠楚楚,真是没有道理。但是你必须发誓,当我们在一起时你绝不能反驳我。"

于是真理发了誓,同意与谎言在一起待上一段时间。他这样做并不是因为他喜欢与谎言为伍,而是因为他饿得太厉害了。如果再不吃点儿东西,就会晕倒的。他们来到一座城市,谎言立即带他到城里最好的餐馆吃饭。

"服务员,请端上你们这里最好的饭菜、甜品与最好喝的酒!"他喊道。然后他们大吃大喝了近一个下午。直到他们再也吃不下去的时候,谎言开始用拳头猛敲桌子,大声叫餐馆的经理。经理闻声立即跑了过来。

"这是个什么鬼地方?"谎言厉声说道。

"大约一个小时前我就付给那个服务员钞票了,但他还没有把零钱找给我。"

经理把服务员叫过来,但服务员说根本没有见过那位先生付钱。

"什么?"谎言大声喊道。他的大嗓门把餐馆中所有客人的目光都吸引了过来。"这个地方太不讲信用了!遵纪守法的人到你们这里来吃饭,你们却想抢夺他们辛辛苦苦挣来的钱!你们是一群强盗和说谎者！这次你们可以欺骗我，但我以后再也不会来你们这个地方了！给你！"他摸出几张钞票扔给经理，"这次该找我零钱了吧?"

由于担心自己餐馆的声誉受到损害，这位经理不但拒收钞票，而且还给谎言先生找了他所谓的零钱。然后他把服务员拉到一边，骂他是个无赖，并声言要解雇他。不管服务员如何据理力争，说自己根本没有收谎言先生的任何钱，经理还是不相信他的话。

"唉，真理，你躲到什么地方去了?"服务员叹息道，"难道你也要抛弃我们这些勤劳的人吗?"

"不，我在这里，"真理暗自说道，"不过，我明辨是非的能力为饥饿所取代了。现在只要我一张口，就会违反我对谎言所发的誓言。"

他们一来到大街上，谎言立刻放声大笑起来，然后拍着真理的脊背说："你知道世界是怎么回事了吧?"他大声喊道，"难道你不认为我能轻松自如地驾驭它吗?"

听到这里，真理坚决地从谎言的身边走开了。

"我宁愿饿死也不会像你那样生活。"真理对谎言说道。

于是真理与谎言分道扬镳，再也没有在一起旅行过。

■心灵感悟

生活中总是充满了各种各样的谎言，只要坚持真理，一定能站在正义的一边。

◆ 角度与广度

一位老员外，特别喜欢牡丹花，庭内庭外都种满了牡丹。老员外采了几朵牡丹花，送给一位老翁，老翁很开心地插在花瓶里。

隔天，邻居激动地和老翁说："你的牡丹花，每一朵都缺了几片花瓣，这不是富贵不全吗？"老翁觉得邻居的话有道理，就把牡丹全部还给员外。并且一五一十地告诉了老员外，关于富贵不全的事情。

老员外忍不住笑着说："牡丹花缺了几片花瓣，这不是富贵无边吗？"老翁听了颇有同感，于是，他选了更多的牡丹花，开心地走了。

心灵感悟

看任何事情都可以从不同的角度去看，一些角度让我们看事物具有宽阔的视野、美妙的心情，一些角度却让我们心灵狭窄、顿生烦闷。我们何不选择让人快乐的角度看待事情呢？

◆ 四颗补鞋钉

在苏格兰一个小镇上，一位年迈的鞋匠决定把补鞋这门本事传给三个年轻人。在老鞋匠的悉心教导下，三个年轻人进步很快。

当他们学艺已精，准备去闯荡的时候，老鞋匠只嘱咐了一句："千万记住，补鞋底只能用四颗钉子。"三个年轻人似懂非懂地点了点头，踏上了旅途。

过了数月，三个年轻人来到一座大城市各自安家落户，从此，这座城市就有了三个年轻的鞋匠。同一行业必然有竞争。但由于三个年轻人的技艺都不相上下，日子也过得风平浪静。

过了些日子后，第一个鞋匠就对老鞋匠那句话感到苦恼。因为他每次用四颗钉子总不能使鞋底完全修复，可师命不敢违，于是他

中小学生课间十分钟阅读系列丛书

整天冥思苦想，但不论怎么想他都认为办不到。终于，他不能解脱烦恼，只好扛着锄头回家种田去了。

第二个鞋匠也为四颗钉子苦恼过，可他发现，用四颗钉子衬补好鞋底后，坏鞋的人总要来第二次才能修好，结果来修鞋的人总要付出双倍的钱。第二个鞋匠为此暗喜，他自认为懂得了老鞋匠最后一句话的真谛。

第三个鞋匠也同样发现了这个秘密，在苦恼过后他发现，其实只要多钉一颗钉子就能一次把鞋补好。第三个鞋匠想了一夜，终于决定加上那一颗钉子，他认为这样能节省顾客的时间和金钱，更重要的是他自己也会安心。

又过了数月，人们渐渐发现了两个鞋匠的不同。于是第二个鞋匠的铺面里越来越冷清，而去第三个鞋匠那儿补鞋的人越来越多。最终，第二个鞋匠铺也关门了。

日子就这样持续下去，第三个鞋匠依然和以前一样，兢兢业业地为这个城市的居民服务。当他渐渐老去时，他开始真正懂得了老鞋匠那句嘱咐的含义：要创新，而且不能有贪念，否则必为社会淘汰。

再过了几年，鞋匠老了，这时又有几个年轻人来学这门手艺，当他们学艺将成时，鞋匠也同样向他们嘱咐了那句话："千万记住，补鞋底只能用四颗钉子。"

心灵感悟

师傅领进门，修行在个人。凡是成功者，往往都是"有心人"，如果只是一味地继承而没有自己的感悟、总结和提升，那么也永远不可能找到工作的乐趣，也就自然不会产生更高的造诣。

人生的两个机会

　　美国加州有位刚毕业的大学生，在 2003 年的冬季大征兵中依法被征，即将到最艰苦也是最危险的海军陆战队去服役。

　　这位年轻人自从获悉自己被海军陆战队选中的消息后，便显得忧心忡忡。在加州大学任教的祖父见到孙子一副魂不守舍的模样，便开导他说："孩子啊，这没什么好担心的。到了海军陆战队，你将会有两个机会，一个是留在内勤部门，一个是分配到外勤部门。如果你分配到了内勤部门，就完全用不着去担惊受怕了。"

　　年轻人问爷爷："那要是我被分配到了外勤部门呢？"

　　爷爷说："那同样会有两个机会，一个是留在美国本土，另一个是分配到国外的军事基地。如果你被分配在美国本土，那又有什么好担心的。"

　　年轻人问："那么，若是被分配到了国外的基地呢？"

　　爷爷说："那也还有两个机会，一个是被分配到和平而友善的国家，另一个是被分配到维和地区。如果把你分配到和平友善的国家，那也是件值得庆幸的好事。"

　　年轻人问："爷爷，那要是我不幸被分配到维和地区呢？"

　　爷爷说："那同样还有两个机会，一个是安全归来，另一个是不幸负伤。如果你能够安全归来，那担心岂不多余。"

　　年轻人问："那要是不幸负伤了呢？"

　　爷爷说："你同样拥有两个机会，一个是依然能够保全性命，另一个是完全救治无效。如果尚能保全性命，还担心它干什么呢？"

中小学生课间十分钟阅读系列丛书

年轻人再问："那要是完全救治无效怎么办？"

爷爷说："还是有两个机会，一个是作为敢于冲锋陷阵的国家英雄而死，一个是唯唯诺诺躲在后面却不幸遇难。你当然会选择前者，既然会成为英雄，有什么好担心的。"

■ 心灵感悟

无论人生遇到什么样的际遇，都会有两个机会：一个是好机会，一个是坏机会。好机会中藏匿着坏机会，而坏机会中又隐含着好机会。关键是我们以什么样的眼光、什么样的心态、什么样的视角去对待它。

◆ 四个过桥的人

一天，有四个人来到一处地势险恶的峡谷，下面是汹涌奔腾的河水，这四个人要到河对面去，而摆在他们面前的是怎样一座桥呢？几根被腐蚀得快要烂掉的木板横在悬崖峭壁间那光秃秃的绳索中间，看起来摇摇欲坠，非常危险。

四个人中，有一个盲人，一个聋子，另外两个是耳聪目明的正常人。再没有其他的路好走了，四个人决定就从这里过桥。他们一个接一个地过桥，结果是盲人、聋子和一个耳聪目明的人过去了，但另一个却跌入咆哮着的河谷中就此丧命。

为什么盲人和聋人会顺利过桥，而那个耳聪目明的人会掉下去呢？难道他还不如身体有致命缺陷的人吗？

是的，他的致命弱点正好在于他的耳聪目明。

盲人说："我眼睛看不见，不知道山有多高桥有多险，所以能心平气和地攀索过桥。"

聋人说："我耳朵听不见，不知道脚下咆哮怒吼的声音有多大，恐惧相对就会减少很多。"

那个过了桥的耳聪目明的人则说："我过我的桥，险峰与我有什么关系？激流又与我有什么关系？我只要注意落脚稳固就够了。"

■ 心灵感悟

　　积极地面对周围的环境，不要被虚张声势所威吓，要知道，那多半都是纸老虎，唯有一颗坦然面对而又积极进取的心才可排除虚张声势对你的威吓。

◆ 财　富

　　一位年轻人成天闷闷不乐，抱怨自己的贫困。一天，他去找一位算卦先生，问自己何时才能拥有财富。

　　先生慢悠悠地说："小伙子，你现在就有很多财富啊！"

　　"在哪里？"年轻人急切地问

　　"在你身上。你的眼睛是财富，你用它看见世界，你用它看见世界上美好的东西，并可以读书学习；你的双手是财富，你可以用它劳动工作，还可以拥抱心爱的人；你的双腿是财富，你可以健步如飞，去任何你想去的地方；还有大脑，心灵……"

　　"这也是财富？这些人人都有啊！"

　　"这是财富，小伙子。你拥有的这些并不是人人都能够幸运地拥有，比如说你愿意把眼睛给我吗？我可以给你很多钱。还有，虽然许多人都有这些财富，他们却并没有意识到。他们的心里不但没有对上苍的感激之情，还在不停地抱怨上苍对他的不公。当你不幸失去它们中的任何一个时，你才能体会到它们的可贵呀。"

■心灵感悟

上帝赋予了我们每个人相同的财富——一双明亮的眼睛、一对聪慧的耳朵，一个灵敏的鼻子，一张伶俐的嘴，一双能干的手、一个能思的脑、一颗敢想的心……而这些无价之宝是我们创造更多财富的基础。

◆ 对 手

美洲虎是一种濒临灭绝的动物，世界上仅存 17 只，其中有一只生活在秘鲁的国家动物园。

为保护这只虎，秘鲁人从大自然里单独圈出 1500 英亩的山地修了虎园，让它自由生活。参观过虎园的人都说，这儿真是虎的天堂，里面有山有水，山上花木葱茏，山下溪水潺潺。还有成群结队的牛、羊、兔供老虎享用。奇怪的是，没有人见这只老虎捕捉过猎物（它只吃管理员送来的肉食），也没见它威风凛凛从山上冲下来。它常躺在装有空调的虎房，吃了睡，睡了吃。

一些市民说它太孤独了，一只没有爱情、没有伴侣的老虎，怎么能有精神呢？于是大家自愿集资，又通过外交渠道，与哥伦比亚和巴拉圭达成协议，定期从他们那儿租雌虎来陪它生活。

然而，这项人道主义之举，并未带来多大改观，那只美洲虎最多陪女友走出虎房，到阳光下站一站，不久又回到它睡觉的地方。人们不知道它还有什么不满足的地方。

一天，一位来此参观的市民说："它怎么能不懒洋洋？虎是林中之王，你们放一群只吃草的小动物，能提起它的兴趣吗？这么大的虎园，不弄几只狼来，至少也得放几条豺狗吧？"虎园领导听他说得有理，就捉了三只豹子投进虎园。

这一招果然灵验，自从三只豹子进了虎园，美洲虎不再睡懒觉，也很少回虎房。它时而站在山顶引颈长啸，时而冲下山来，雄赳赳地满园巡逻。时而冲到豹子面前，放肆地挑衅。没多久，它还让巴拉圭的一只雌虎下了一只小虎崽……

心灵感悟

一只没有对手的生物，一定是死气沉沉的生物。一个没有对手的民族必定成为一个不思进取的民族。同样，一个人、一个团体、一个组织如果没有了对手，也可能会走向怠惰和没落。

❖ 你是谁

有一天，上帝来到尘世，对地球上的居民进行一番智慧调查。

上帝问大象："你是谁？"

大象回答说："我是学识渊博的学者。"

上帝问袋鼠："你是谁？"

袋鼠说："我是全球闻名的拳王。"

上帝又问鱼："你是谁？"

鱼儿游动着灵巧身躯回答说："我是天地间的精灵。"

上帝又问鸟："你是谁？"

鸟回答道："我是风。"

上帝最后问人："你是谁？"

人回答道："我是谁？这个问题我还真没想过呢！"

上帝终于叹了口气，说道："唉！天地间，人最难认识的是自己啊！"

■心灵感悟

生活的繁芜有时让我们自己都难于认识自己，在人生旅途中，做最真实的那个自己，是我们看清自己最好的办法。

◆ 金银珠宝和快乐

有个阔佬，背着许多金银珠宝去远方寻找快乐，可是走遍了千山万水也没有找到。

一天，他正愁眉不展地坐在路边叹息，一位衣衫褴褛的农夫唱着山歌走过来。阔佬向农夫讨教快乐的秘诀，农夫笑笑说："哪里有什么秘诀，快乐其实再简单不过了，只要你把背负的东西放下就可以。"

阔佬忽然顿悟——自己背着那么沉重的金银珠宝，腰都快被压弯了，而且住店怕偷，行路怕抢，成天忧心忡忡，惊魂不定，怎么能快乐得起来呢？

于是，他放下行囊，把金银珠宝分发给过路的穷人。这样，不仅背上的重负没有了，还看到一张张快乐的笑脸，他终于成了一个快乐的人。

人生中，我们背负的贪婪太多了。很多时候，不是快乐离我们太远，而是我们根本不知道自己和快乐之间的距离；不是快乐太难，而是我们活得还不够简单。所以适当放下身上的包袱，做一个简单快乐的人吧。

◆ 推着巨石上山

痛苦按天神的旨意，惩罚快乐一天 24 小时一刻不停地推巨石上山顶。巨石推上山顶，快乐才能得以解脱惩罚。而事实上，谁都知道，这块巨石是任何人都推不上山顶的。

巨石每次被快乐从山脚推到山腰，就滚下山来，快乐再从头推起。

"你现在还快乐吗？"痛苦幸灾乐祸地问快乐。

快乐的回答出乎痛苦的意料："我快乐！"

"你说谎！明明在痛苦地推巨石，却还说快乐！"痛苦道。

快乐满头大汗地推着巨石，腾出一只手来从怀里抓出一只蝴蝶，双眼充满了喜悦说："你瞧，我昨天推巨石时抓到一只蝴蝶，一只从未见过的漂亮蝴蝶，你说我能不快乐吗？"

痛苦痛苦异常。

快乐道："人生的幸福快乐不在于你拥有什么或正在做什么，而在于细节的把握。每个细节都有幸福与快乐啊！"

痛苦把这话告诉了天神，天神感叹道："这是谁也管不了、夺不走的幸福啊！"于是，天神放了快乐。

心灵感悟

我们的生活中有很多让人快乐的事情，只是有的人忽略了那些细微的快乐。其实，只要我们善于发现，快乐就会很简单。

三根红木

三根红木，将被分别用来制作成三种乐器。

第一根红木说："把我雕刻成小提琴吧，我愿为懂我者倾诉衷肠。"

于是，第一根红木变成一把音色优美的小提琴，它在演奏者手中奏出一曲又一曲高雅又抒情的乐曲。

第二根红木说："我不想变得那么高深莫测，我想连三岁小孩都能玩我，喜欢我。"

"那把你制成拨浪鼓好了。"

于是，第二根红木变成拨浪鼓。"咚咚咚"，声音简单，确实连三岁小孩也能听懂。

第三根红木却说："变成拨浪鼓显得浅薄、庸俗，雕成小提琴，又太孤芳自赏。"考虑来考虑去，第三根红木最后还是一根红木，它被弃在一个角落里，无人理睬。

在漫漫人生长途中，年轻的朋友啊，千万不要高不成低不就，白白浪费了青春年华。

心灵感悟

时间常常在你不经意的犹疑中流逝，给自己一个正确的定位很重要，不然会浪费了大好年华。

当你感到痛苦的时候

有一个师傅对于徒弟不停地抱怨这抱怨那感到非常厌烦。于是，有一天早晨，他派徒弟去取一些盐回来。

当徒弟很不情愿地把盐取回来后，师傅让徒弟把盐倒进水杯里，然后喝下去，并问他味道如何。

徒弟吐了出来，说："很咸。"

师傅笑着让徒弟带着一些盐，跟着他一起去湖边。

他们一路上没有说话。

来到湖边后，师傅让徒弟把盐撒进湖水里，然后对徒弟说："现在你喝点儿湖水。"

徒弟喝了口湖水。师傅问："有什么味道？"

徒弟回答："很清凉。"

师傅问："尝到咸味了吗？"

徒弟说："没有。"

然后，师傅坐在这个总爱怨天尤人的徒弟身边，握着他的手说："人生的痛苦如同这些盐，有一定数量，既不会多也不会少。我们承受痛苦的容积的大小决定痛苦的程度。所以，当你感到痛苦的时候，就把你的承受的容积放大些，不是一杯水，而是一个湖。"

心灵感悟

痛苦尽管难以忍受，它毕竟是有限的，而我们承受一切的心胸可以无限扩大，以致包容一切。心胸开阔，痛苦自然会变得轻微。

中小学生课间十分钟阅读系列丛书

143

脚比路长

古时候，有一个阿拉伯国王想好好教育一下他的 4 个王子。

一天，国王对 4 个王子说，他准备将国都迁往据说十分美丽富饶的卡伦，而卡伦距阿拉伯很远很远，要翻过许多崇山峻岭，要穿过很多草地、沼泽，还要涉过很多的江河，但究竟有多远，没人知道，所以，决定让 4 个王子分头前往探路。

大王子乘车走了 7 天，翻过 3 座大山，来到了一望无际的草地。一问当地人，得知过了草地，还要过沼泽，沼泽过后还有大河、雪山……便掉转马头往回走。

二王子策马穿过一片沼泽后，被一条宽阔的大河挡了回来。

三王子越过了两条大河，却被一望无际的大漠吓了回来。

一个月后，大王子和二王子、三王子陆续回到了国王那里，将各自沿途所见报告给国王，并都再三强调，他们在路上问过很多人，都说去卡伦的路很远很远。

又过了 5 天，小王子风尘仆仆地赶回来了，他兴奋地报告父亲，到卡伦只需 18 天的行程。

国王满意地笑了："孩子，你说对了，其实我早就去过卡伦。"几个王子不解地望着父亲："那为什么还要我们去探路？"

国王语重心长地说道："那是因为，我想告诉你们四个字——脚比路长。"

心灵感悟

一个人的脚虽然没有路长，但它却是在不断前进的。只要你有毅力，有勇气，有信心，有耐心，再长的路都能踩在脚下。人生的路一样，只要我们目标远大，不畏艰辛，就能实现心中的梦想。

成功的真谛

有人问一位智者："请问，怎样才能成功呢?"智者笑笑，递给他一颗花生："用力捏捏它。"

那人用力一捏，花生壳碎了，只留下花生仁。

"再用手搓搓它。"智者说。

那人又照着做了，红色的种皮被搓掉了，只留下白白的果实。

"再用手捏它。"智者说。

那人用力捏着，却怎么也没法把它毁坏。

"再用手搓搓它。"智者说。

当然，什么也搓不下来。

"虽然屡遭挫折，却有一颗坚强的百折不挠的心，这就是成功的秘密。"智者说。

心灵感悟

要想取得成功，必须具备克服挫折的勇气，只有百折不挠的决心，才能战胜一切困难达到成功。

◆ 做自己想做的事

有两个日本小孩到海边去玩，玩累了，两人就躺在沙滩上睡着了。

其中一个小孩做了个梦，梦见对面岛上住了个大富翁，在富翁的花园里有一整片的茶花，在一株白茶花的根下，埋着一坛黄金。

这个小孩就把梦告诉另一个小孩，说完后，不禁叹息着："真可惜，这只是个梦!"

另一个小孩听了相当动容，从此在心中埋下了逐梦的种子，他对那个做梦的小孩说："你可以把这个梦卖给我吗?"

这个小孩买了梦以后，就往那岛进发，千辛万苦才到达岛上，果然发现岛上住着一位富翁，于是他就自告奋勇地做了富翁的佣人，他发现，花园里真的有许多茶树，茶花一年一年地开，他也一年一年地把种茶花的土一遍一遍地翻掘。

就这样，茶树愈长愈好，富翁也就对他愈来愈好。终于有一天，他由白茶花的根底挖下去，真的掘出了一坛黄金!

买梦的人回到了家乡，成了最富有的人；卖梦的人，虽然不停地在做梦，但他从未圆过梦，终究还是个穷光蛋。

■ 心灵感悟

光有梦想是不行的，必须有实现梦想的行动。我们应该学习买梦的人，最终会挖出梦想中的"黄金"的。

自助者天助

一名虔诚的佛教徒遇到了难事，便去寺庙里求观音。走进庙里，才发现观音的像前也有一个人在拜，那个人长得和观音一模一样，丝毫不差。

"你是观音吗?"

"是。"那人答道。

"那你为何还拜自己?"

"因为我也遇到了难事。"观音笑道："可我知道，求人不如求己。"

这一则有关佛的趣谈，它让人深思，让人回味。想来凡人之所以为凡人，可能就是因为遇事喜欢求人，而观音之所以为观音，大约就是因为遇事只去求己吧——如此再想，如果人人都拥有遇事求己的那份坚强和自信，也许人人都会成为自己的观音。

■心灵感悟

有些时候一些事情可以借助别人的力量去完成，但根本上必须依靠自己的力量。所谓"自助者天助"就是这个道理。

画出最丑的自己

中小学生课间十分钟阅读系列丛书

萨班哲是当代土耳其超级富豪，其庄园和产业几乎覆盖了土耳其大部分国土，一种为"SA"的符号是他的产业的标志。而土耳其的国民，对"SA"这个符号的熟悉程度，如同每天早晨开门看到阳光。

然而，这位富豪有个令人大惑不解的怪癖。他供养着一群土耳其最好的漫画家，在一间豪华的大厅，他让这群漫画家随心所欲，画他萨班哲的漫画，谁画出了最丑的萨班哲，谁就能得到大大的一笔奖励。结果，萨班哲的每一个丑陋之处，都被无限地放大和夸张。这群漫画家整天琢磨、挖掘着萨班哲的"闪光点"，甚至一颗小痣，都被演变成黑鸦的脑袋。

工作之余，萨班哲徜徉在大厅，一幅一幅地欣赏着漫画。他很快乐，他看到了在美酒、鲜花、掌声和赞誉前那个不一样的自己。

公众不理解的是，就是再想了解真实的自己，他也可以照照镜子，何必拿自己的相貌开涮？

有人说可能萨班哲很另类，有人说可能萨班哲很风趣，有人说可能萨班哲很有幽默感，有人说可能萨班哲喜欢真实，有人说萨班哲是在惩罚自己。

可是，我觉得萨班哲是在做一种心理体操。因为萨班哲既幸运又不幸。这位超级富豪育有一儿一女，不幸的是，一儿一女，均有弱智的残障。现实的真实总是残酷得让人寒彻肺腑。作为一个父亲，谁也无法坦然接受这种事实。生活的磨难，意味着让你选择——那些你不想做出的选择。

 心灵感悟

画最丑的自己，一点一点去接受。如果看到最丑的自己，依然那么开心，那就意味着已经成功地训练自己爱上了生活中的缺憾。是的，它很丑，但你必须爱它，否则就无法接受。生命的宽广，正在于接受那些宁死也不想接受的事实。

◆ 寻找机遇

　　一个 20 出头的小伙子急匆匆地走到路上，对边的景色与过往的行人全然不顾。一个人拦住了他，问道："小伙子，你为何行色匆匆？"

　　小伙子头也不回，飞快地向前奔跑着，只冷冷地甩了一句："别拦我，我在寻找机会。"

　　转眼 20 年过去了，小伙子已经变成了中年人，他依然在路上疾驰。

　　又一个人拦住他："喂，伙计，你在忙什么呀？"

　　"别拦我，我在寻找机会。"

　　又是 20 年过去了，这个中年人已经变成了面色憔悴、两眼昏花的老人，还在路上挣扎着向前挪动。

　　一个人拦住他："老人家，你还在寻找你的机会吗？"

　　"是啊。"

　　当老人回答完这句话后，猛地一惊，一行眼泪流了下来。原来刚才问他问题的那个人，就是机遇之神。他寻找了一辈子，可机遇之神其实就在他的身边。

■ 心灵感悟

　　我们的生活中并不缺少机遇，缺少的是那双发现机遇的眼睛。有时机遇就在我们身边，我们却因为认识的不足而错过了。

中小学生课间十分钟阅读系列丛书

三根指挥棒

美国著名指挥家、作曲家沃尔特·达姆罗施20几岁时就已经当上了乐队指挥。但他却没有忘乎所以。旁人对他的谦和、沉稳的态度，既欣赏又惊讶。还是沃尔特自己揭开了这个谜底。

"刚当上指挥的时候，我也有些头脑发热，自以为才华盖世，没人取代得了。有一天排练，我把指挥棒忘在家里，正准备派人去取。秘书说：'没关系，问乐队其他人借一根就行。'我心想，秘书一定是糊涂了。除了我，谁还可能带指挥棒？但我还是向乐队问了一句：'有谁能借我一根指挥棒？'话音未落，大提琴手、首席小提琴手和钢琴手，每人都从上衣口袋里掏出一根指挥棒。

"我一下子清醒过来，原来我不是什么必不可少的人物！很多人一直都在暗暗努力，时刻准备取代我。以后每当我想偷懒、飘飘然的时候，就会看到三根指挥棒在眼前晃动。"

■心灵感悟

社会总是在竞争中前进，你停止了前进的步伐就意味着被人超越。所以，只有不断地积极进取，才能永保胜利。

上帝和三个商人

在西方国家流传着这样一个故事：三个商人死后去见上帝，讨论他们在尘世中的功绩。

第一个商人说："尽管我经营的生意几乎破产，但我和我的家人并不在意，我们生活得非常幸福快乐。"上帝听了，给他打了 50 分。

第二个商人说："我很少有时间和家人待在一起，我只关心我的生意。你看，我死之前，是一个亿万富翁!"上帝听罢默不作声，也给他打了 50 分。

这时，第三个商人开口了："我在尘世时，虽然每天忙着赚钱，但我同时也尽力照顾好我的家人，朋友们很喜欢和我在一起，我们经常在钓鱼或打高尔夫球时，就谈成了一笔生意。活着的时候，人生多么有意思啊!"上帝听他讲完，立刻给他打了 100 分。

罗丹曾说过："生活中不是缺少美，而是缺少发现。"

不会欣赏和享受每日的生活是我们最大的悲哀。现代人总是为了赚钱而无意中预支了"此刻的生活"。想一想吧，早上还没起床时，你就开始担心起床后的寒冷而错失了被子里最后几分钟的温暖；吃早餐的时候你又在想着上班的路上可能会堵车；上班的时候就开始设计下班后怎么打发时间；参加派对又在烦恼着回家路上得花多少时间了；口袋里还有用不完的钞票，却时刻想着如何去赚更多更多的钱……累死在钱字上，不就失去了来到这个世界的真正意义了么?

心灵感悟

人生路上有许多美丽的风景，有些人因为忙碌错过了，有些人放弃了欣赏，这些人最后都感到深深的懊悔；而有一些人在实现生命价值的途中就观赏了沿途的风景，于是他的人生没有留下遗憾，我们都应该尽力做后一种人。

寻找丢失的骆驼

一个阿拉伯人在沙漠里与骑骆驼的同伴失散了，他找了整整一天也没有找到。筋疲力尽的他只好坐在原地休息。傍晚，他遇到了一个贝都印人。

阿拉伯人礼貌地询问贝都印人："请问，您见到过我的同伴和他的骆驼吗？"

"你的同伴是不是比较胖，而且是跛子？"贝都印人问，"他手里是不是拿着一根棍子？他的骆驼只有一只眼，驮着枣子，是吗？"

"是啊，是啊，那就是我的同伴和他的骆驼。你是什么时候看见的？他往哪个方向走了？"阿拉伯人兴奋地问道。

贝都印人回答说："我没看见他。"

阿拉伯人生气地说："你刚才明明详细地说出我的同伴和骆驼的样子，现在怎么又说没有见到过呢？"

"我确实没有看见过他。"贝都印人平静地说，"不过，我还知道，他在这棵棕榈树下休息了很长时间，三个小时前向叙利亚方向走去了。"

阿拉伯人奇怪地问："你既然没有看见过他，你又怎么知道这些情况呢？"

"我是从他的脚印里看出来的。你看这个人的脚印：左脚印要比右脚印大且深，这不是说明，走过这里的人是个跛子吗？现在再比一比他和我的脚印，你会发现，他的脚印比我的深，这不是表明他比我胖？你看，骆驼只吃它身体右边的草，这就说明，骆驼只有一只眼，它只看到路的一边。你看地上，这些蚂蚁都聚在一起，难道你没有看清它们都在吸吮枣汁吗？"

"那你是怎么确定他在三个小时前离开这里的呢？"

贝都印人解释说："你看棕榈树的影子。在这样的大热天，你总不会认为一个人不要凉快而要坐在太阳光下吧！所以，可以肯定，你的同伴曾经是在树阴下休息过。可以推算出，阴影从他躺下的地方移到现在我们站的地方，需要三个小时左右。"

听完贝都印人的话，阿拉伯人急忙朝叙利亚方向去找，果然找到了他的同伴。事实证明，贝都印人说的一切都是正确的。

■心灵感悟

任何时候，如果没有经过深入的调查都不要妄下结论，只有深入地去了解，才能准确地做出判断。什么事情都有迹可寻，最终能不能使事情的真相显现，就看我们能否沿着线索去探究到底，能否经过观察后做出详细的分析与比较。

发明小故事

 瑞利发现摩擦现象

英国著名的物理学家瑞利，从小就善于观察和勤于思考。

一天，瑞利家来了许多客人。瑞利的妈妈沏好了茶，把茶碗放在碟子上，准备端给客人喝。由于妈妈上了年纪，手颤抖了一下，茶碗在碟子上滑动，茶水洒到了碟子上。这时瑞利完全被妈妈手中的碗碟吸引住了。他发现：妈妈起初端来的茶碗很容易在碟子中滑动；可是在洒过热茶的碟子上，茶碗就不容易滑动了。

"太有趣了，我一定要弄清楚，这是为什么！"瑞利非常激动地想。

客人走后，瑞利用茶碗和碟子反复地实验起来。

经过多次实验之后，瑞利得出了结论：碟子表面有一些油腻，油腻减少了茶碗和碟子之间的摩擦力，所以容易滑动。当洒上热茶后，油腻就溶解消失了，茶碗在碟子中就不容易滑了。

为了推广应用，瑞利又进一步研究了油在固体物摩擦中的作用，提出了润滑油减少摩擦力的理论。后来，他的理论被广泛地运用到生产和生活中去，在有机器运转的地方，几乎都少不了润滑油。

1904 年，瑞利因发现氩获得了诺贝尔物理学奖。

心灵感悟

观察和思考是许多创新者赖以成功的法宝。瑞利能在物理学领域获得这样的成功，和他的善于观察和勤于思考的好习惯是分不开的。

◆ 爱迪生发明留声机

1877 年 8 月的一天，美国大发明家爱迪生，为了调试电话的送话器，他在用一根短针检验传话膜的震动情况时，意外地发现了一个奇特的现象：手里的针一接触到传话膜，随着电话所传来声音的强弱变化，传话膜产生了一种有规律的颤动。这个奇特的现象引起了他的思考。他想：如果程序倒过来，使针发生同样的颤动，那不就可以将声音复原出来，不也就可以把人的声音贮存起来吗？

循着这样的思路，爱迪生着手试验。经过四天四夜的苦战，顺利完成了留声机的设计。8 月 20 日，爱迪生将设计好的图纸交给机械师克鲁西后，不久，一台结构简单的留声机便制造出来了。爱迪生拿它去当众做演示，他一边用手摇动铁柄，一边对着话筒唱道："玛丽有一只小羊，它的绒毛白如霜……"然后，爱迪生停下来，让一个人用耳朵对着受话器，他又把针头放回原来的位置，再摇动手

中小学生课间十分钟阅读系列丛书

柄，这时，刚才的歌声又在这个人的耳边响了起来。

这台留声机的发明，使人们惊叹不已。报刊纷纷发表文章，称赞这是继贝尔发明电话之后的又一伟大创造，是19世纪的又一个奇迹。这种"会说话的机器"顿时轰动了美国和全世界。人们在用留声机贮存自己声音的同时，也永远将爱迪生这位大发明家铭刻在心里。

■心灵感悟

伟大的发明总是在对奇怪现象的思考后出现的。思考、探索、实验是一切发明的必经过程，这是科学家们除了发明外留给我们最宝贵的经验。

x 射线的发现

1895年11月8日，星期五，这天下午，伦琴像平时一样，正在实验室里专心做实验。

他先将一支克鲁克斯放电管用黑纸严严实实地裹起来，把房间弄黑，接通感应圈，使高压电通过放电管，黑纸并没有漏光，一切正常。他截断电流，准备做每天做的实验，可是一转眼，眼前似乎闪过一丝绿色荧光，再一眨眼，却又是一团漆黑了。刚才放电管是用黑纸包着的，荧光屏也没有竖起，怎么会现荧光呢？他想一定是自己整天在暗室里观察这种神秘的荧光，形成习惯，产生了错觉。于是他又重复做放电实验，但神秘的荧光又出现了。随着感应圈的起伏放电，忽如夜空深处飘来一小团淡绿色的云朵，在躲躲闪闪地运动。伦琴大为震惊，他一把抓过桌上的火柴，"嚓"的一声划亮。

原来离工作台近一米远的地方立着一个亚铂氰化钡小屏，荧光是从这里发出的。但是阴极射线绝不能穿过数厘米以上的空气，怎么能使这面在将近一米外的荧光屏闪光呢？莫非是一种未发现的新射线吗？这样一想，他浑身一阵激动，自己今年整整50岁了，在这间黑屋子里无冬无夏、无日无夜地工作，苦苦探寻自然的奥秘，可是总窥不见一丝亮光，难道这一点荧光正是命运之神降临的标志吗？他兴奋地托起荧光屏，一前一后地挪动位置，可是那一丝绿光总不会逝去。

看来这种新射线的穿透能力极强，与距离没有多大关系。那么除了空气外它能不能穿透其他物质呢？伦琴抽出一张扑克牌，挡住射线，荧光屏上照样出现亮光。他又换了一本书，荧光屏虽不像刚才那样亮，但照样发光。他又换了一张薄铝片，效果和一本厚书一样。他再换一张薄铅片，却没有了亮光，——铅竟能截断射线。伦琴兴奋极了，这样不停地更换着遮挡物，他几乎试完了手边能摸到的所有东西，这时工友进来催他吃饭，他随口答应着，却并未动身，手中的实验虽然停了，可是他还在痴痴呆呆地望着那个荧光屏。现在可以肯定这是一种新射线了，可是它到底有什么用呢？我们暂时又该叫它什么名字呢？真是个未知数，好吧，暂就先叫它"X射线"。

心灵感悟

　　科学家们最大的乐趣在于新的问题的发现。因为在他们眼里，只有不断探索，才能让生命更加富有意义。

中小学生课间十分钟阅读系列丛书

牛顿三轶事

牛顿煮鸡蛋

牛顿从事科学研究时非常专心，时常忘却生活中的小事。有一次，给牛顿做饭的老太太有事要出去，就把鸡蛋放在桌子上说："先生！我出去买东西，请您自己煮个鸡蛋吃吧，水已经在烧了。"

正在聚精会神计算的牛顿，头也不抬地"嗯"了一声。老保姆回来以后问牛顿煮了鸡蛋没有，牛顿头也没抬地说："煮了！"老太太掀开锅盖一看，惊呆了：锅里居然煮了一块怀表，鸡蛋却还在原处放着。原来牛顿忙于计算，胡乱把怀表扔到了锅里。

吹肥皂泡的疯老头

牛顿搬进一幢新楼以后，开始研究光线在薄面上是怎样反射的。他每天都在读书、思考。早上起床穿衣服，突然想到了研究中的问题，他就像被定身法定住了一样，呆住了，然后开始实验或工作，所以他时常穿错了袜子或者在夏天穿上秋天的衣服。

"太阳光是最好的光源，肥皂泡是最理想的薄面，太阳光照到上面，它为什么会变得五颜六色呢？"

牛顿的脑子里翻江倒海了。他提着一桶肥皂水走到院子里，吹起了肥皂泡。你看，他那两只眼睛直盯着飘来飘去的肥皂泡，一个泡破了，接着又吹一个，从太阳一出来他就吹，一吹就是几个小时。

邻居家的小孩子从楼窗上伸出头来，冲他叫："疯老头！你一只脚没穿袜子！"

邻居家的老太太摇着头："老小，老小，老了倒成了孩子！"

后来人们知道了这疯老头就是英国皇家学会的研究员，他吹肥皂泡是在研究学问，不禁对他肃然起敬了。

实验室的酒肉

牛顿最喜欢的地方就是实验室。他很少在两三点钟以前睡觉，有时整天整夜守在实验室里。为他做饭的保姆只好把饭菜放在外间屋的桌子上。

有一次，牛顿的一位朋友来看他，在实验室外面等了他好久，肚子饿了就独自把桌上的烤鸡吃了，不辞而别。过了好长时间，牛顿的实验告一段落，他才觉出肚子咕咕在叫，赶快跑出来吃鸡。他看到盘子里啃剩下的鸡骨头，居然对助手说："哈哈，我还以为我还没吃饭哩，原来已经吃过了呀！"

还有一回，一个好朋友请牛顿吃饭，一边吃饭一边议论科学问题。饭吃到一半的时候，牛顿站起来说："对了，还有好酒呢，我去取来咱们一起喝。"说完就向实验室跑去，一去就不回来了。朋友追过去一看，牛顿又摆弄上他的实验了。原来牛顿在取酒的路上忽然想出了一个新的实验方法，居然将取酒的事忘得一干二净了。

牛顿的这种轶事岂止 3 件，它说明，牛顿酷爱科学，把自己的一切都献给了科学。正是因为牛顿有这种为科学献身的奋斗精神，他才能总结出牛顿三定律，对人类的进步做出了卓越的贡献。

牛顿病逝以后，英国政府在他的墓碑上镌刻了墓志铭，最后一段是：让人类欢呼/曾经存在过这样伟大的/一位人类之光。

有道是："自然和自然规律隐藏在黑暗中，上帝说，让牛顿来，一切都明亮了"。或者说："道法自然，久藏玄冥。天降牛顿，万物生明"。

心灵感悟

　　每一项发明都是科学家在忘我的探索与发现中创造的，科学家们的这种专心研究的劲头也值得我们学习借鉴。潜心科学的精神比一项发明更具有价值。

◆ 大海边的阿基米得

　　阿基米得 11 岁那年，离开了父母，来到了古希腊最大的城市之一的亚历山大里亚求学。当时的亚历山大里亚是世界闻名的贸易和文化交流中心，城中图书馆异常丰富的藏书，深深地吸引着如饥似渴的阿基米得。

　　当时的书是订在一张张羊皮上的，也有用莎草茎剖成薄片压平后当作纸，订成后粘成一大张再卷在圆木棍上。那时没有发明印刷术，书是一个字一个字抄成的，十分宝贵。阿基米得没有纸笔，就把书本上学到的定理和公式，一点一点地牢记在脑子里。阿基米得攻读的是数学，需要画图形、推导公式、进行演算。没有纸，就用小树枝当笔，把大地当纸，因为地面太硬，写上去的字迹看不清楚，阿基米得苦想了几天，又发明了一种"纸"，他把炉灰扒出来，均匀地铺在地面上，然后在上面演算。可是有时天公不作美，风一刮，这种"纸"就飞了。

　　一天，阿基米得来到海滨散步，他一边走一边思考着数学问题。无边无垠的沙滩，细密而柔软的沙粒平平整整地铺展在脚下，伸向远方。他习惯地蹲下来，顺手捡起一个贝壳，便在沙滩上演算起来，又好又便捷。回到住地，阿基米得十分兴奋地告诉他的朋友们说："沙滩，我发现沙滩是最好的学习地方，它是那么广阔，又是那么安静，你的思想可以飞翔到很远的地方，就像是飞翔在海面上的海鸥一样。"神奇的沙滩、博大的海洋，给人智慧，给人力量。打那以后，阿基米得喜欢在海滩上徜洋徘徊，进行思考和学习。这个习惯从求学的少年时代开始一直保持到生命的最后一刻。

公元前212年，罗马军队攻占了阿基米得的家乡叙拉古城。当时，已75岁高龄的阿基米得正在沙滩上聚精会神地演算数学，对于敌军的入侵竟丝毫未觉察。当罗马士兵拔出剑来要杀他的时候，阿基米得安静地说："给我留下一些时间，让我把这道还没有解答完的题做完，免得将来给世界留下一道尚未证完的难题。"

由于阿基米得孜孜不倦、刻苦钻研，终于成为古希腊伟大的数学家、物理学家、天文学家和发明家，后人称他为"数学之神"，并将他与牛顿、欧拉、高斯并称为"数坛四杰"。

■心灵感悟

我国数学泰斗华罗庚说："天才在于积累，聪明在于勤奋。"面对知识的大海，人们应该像阿基米得那样，信念是罗盘，执著和勇毅作双桨，不懈追求，毕生探索，扬帆远航！

◆ 爱因斯坦和罗盘的故事

爱因斯坦上学前的一天，他生病了，本来沉静的孩子更像一只温顺的小猫，静静地蜷伏在家里，一动也不动。父亲拿来一个小罗盘给儿子解闷。

爱因斯坦的小手捧着罗盘，只见罗盘中间那根针在轻轻地抖动，指着北边。他把盘子转过去，那根针并不听他的话，照旧指向北边。爱因斯坦又把罗盘捧在胸前，扭转身子，再猛扭过去，可那根针又回来了，还是指向北边。不管他怎样转动身子，那根细细的红色磁针就是顽强地指着北边。

小爱因斯坦忘掉了身上的病痛，只剩下一脸的惊讶和困惑：是什么东西使它总是指向北边呢？这根针的四周什么也没有，是什么力量推着它指向北边呢？

爱因斯坦 67 岁时仍然为童年时的"罗盘经历"感慨万千。他在《自述》中说：当我还是一个四五岁的小孩，在父亲给我看一个罗盘的时候，就经历过这种惊奇。这只指南针以如此确定的方式行动，根本不符合那些在无意识的概念世界中能找到位置的事物的本性的（同直接'接触'有关的作用）。我现在还记得，至少相信我还记得，这种经验给我一个深刻而持久的印象。我想一定有什么东西深深地隐藏在事情后面。凡是人从小就看到的事情，不会引起这种反应；他对于物体下落，对于风和雨，对于月亮或者对于月亮会不会掉下来，对于生物和非生物之间的区别等都不感到惊奇。

小小的罗盘，里面那根按照一定规律行动的磁针，唤起了这位未来的科学巨匠的好奇心——探索事物原委的好奇心。而这种神圣的好奇心，正是萌生科学的幼苗。

1953 年 3 月 14 日，爱因斯坦在 74 岁生日宴会之前，举行了一个简短的记者招待会。会上，他收到一份书面的短信。信上第一个问题就是："据说你在 5 岁时由于一只指南针，12 岁时由于一本欧几里得几何学而受到决定性的影响。这些东西对你一生的工作果真有过影响吗？"

爱因斯坦看了微微一笑，回答说："我自己是这样想的。我相信这些外界的影响对我的发展确是有重大影响的。"爱因斯坦接下来的回答似乎更饶有趣味："但是人很少洞察到他自己内心所发生的事情。当一只小狗第一次看到指南针时，它可能没有类似的影响，对许多小孩子也是如此。事实上决定一个人的特殊反应的究竟是什么呢？在这个问题上，人们可以设想各种或多或少能够说得通的理论，但是绝不会找到真正的答案。"

■心灵感悟

　　好奇心是一切探索的开始。只有充满了好奇心，才有去一探究竟的行动。不妨对我们要做的事情多抱一点好奇心吧，那样我们才有更多的兴趣去完成。

❖ 铅笔的发明

　　1564 年，在英格兰的一个叫巴罗代尔的地方，人们发现了一种黑色的矿物——石墨。由于石墨能像铅一样在纸上留下痕迹，这痕迹比铅的痕迹要黑得多，因此，人们称石墨为"黑铅"。

　　那时巴罗代尔一带的牧羊人常用石墨在羊身上画上记号。受此启发，人们又将石墨块切成小条，用于写字绘画。不久，英国国王乔治二世索性将巴罗代尔石墨矿收为皇室所有，把它定为皇家的专利品。但是用石墨条写字既易弄脏手，又容易折断。

　　1761 年，德国化学家法伯首先解决了这个问题。他用水冲洗石墨，使石墨变成石墨粉，然后同硫磺、锑、松香混合，再将这种混合物压成条，这比纯石墨条的韧性大得多，也不大容易弄脏手。这就是最早的铅笔。

中小学生课间十分钟阅读系列丛书

直到 18 世纪末，拿破仑发动了对邻国的战争后，英、德两国切断了对法国的铅笔供应，因此，拿破仑下令法国的化学家孔德在自己的国土上找到石墨矿，然后造出铅笔。但法国的石墨矿质量差，且储量少，孔德便在石墨中掺入黏土，放入窑里烧烤，制成了当时世界上既好又耐用的铅笔芯。在石墨中掺入的黏土比例不同，生产出的铅笔芯的硬度也就不同，颜色深浅也不同。这就是今天我们看到铅笔上标有的 H（硬性铅笔）、B（软性铅笔）、HB（软硬适中的铅笔）的由来。

给铅笔套上木杆外套的任务是美国的工匠门罗来完成的。他先造出了一种能切出木条的机械，然后在木条上刻上细槽，将铅笔芯放入槽内，再将两条木条对好、黏合，笔芯被紧紧地嵌在中间，这就是我们今天使用的铅笔。

心灵感悟

小小的一支笔的由来却经历了这么多人的改良，历经了这么久远的岁月。这说明一切事物都是在历史的车辙里向前发展的。

贝尔与电话

如今，电话走进了千家万户，你知道电话是谁发明的吗？

贝尔，就是发明电话的人。他 1847 年生于英国，年轻时跟父亲从事聋哑人的教学工作，曾想制造一种让聋哑人用眼睛看到声音的机器。

1873 年，成为美国波士顿大学教授的贝尔，开始研究在同一线路上传送许多电报的装置——多工电报，并萌发了利用电流把人的说话声传向远方的念头，使远隔千山万水的人能如同面对面地交谈。于是，贝尔开始了电话的研究。

那是1875年6月2日，贝尔和他的助手华生分别在两个房间里试验多工电报机，一个偶然发生的事故启发了贝尔。华生房间里的电报机上有一个弹簧粘到磁铁上了，华生拉开弹簧时，弹簧发生了振动。与此同时，贝尔惊奇地发现自己房间里电报机上的弹簧颤动起来，还发出了声音，是电流把振动从一个房间传到另一个房间。贝尔的思路顿时大开，他由此想到：如果人对着一块铁片说话，声音将引起铁片振动；若在铁片后面放上一块电磁铁的话，铁片的振动势必在电磁铁线圈中产生时大时小的电流。这个波动电流沿电线传向远处，远处的类似装置上不就会发生同样的振动，发出同样的声音吗？这样声音就沿电线传到远方去了。这不就是自己梦寐以求的电话吗！

贝尔和华生按新的设想制成了电话机。在一次实验中，一滴硫酸溅到贝尔的腿上，疼得他直叫喊："华生先生，我需要你，请到我这里来！"这句话由电话机经电线传到华生的耳朵里，电话成功了！1876年3月7日，贝尔成为电话发明的专利人。

贝尔一生获得过18种专利，与他人合作获得12种专利。他设想将电话线埋入地下，或悬架在空中，用它连接到住宅、乡村、工厂……这样，任何地方都能直接通电话。今天，贝尔的设想都已成为现实。

■心灵感悟

思想有多远，我们的行动就有多远。只要敢于想象，任何事情都有成为现实的可能。所以请不要束缚自己的思想，它能飞多高就让它飞多高吧！

中小学生课间十分钟阅读系列丛书

在嘲笑中前进的车轮

1781 年，斯蒂芬逊出生于英格兰北部一个叫华勒姆的村庄。父亲是煤矿工人，母亲是家庭妇女，两人都不识字。

斯蒂芬逊和他的父母一样，从未上过学，8 岁时就去给人家放牛，10 岁时在煤矿上做些零活，14 岁就跟随父亲到煤矿上工。由于家境贫困、出身低微，斯蒂芬逊的童年是在别人的嘲讽中度过的，可他从不把嘲弄当回事。

在煤矿，斯蒂芬逊经历了最艰苦的劳动，于是他下定决心，一定要发明一种能够不用人力运煤的机器。1801 年，英国人特勒维制造出第一台蒸汽机车。这部机车在试车时不是在铁轨上，而是在马路上。很多人嘲笑特勒维说："你的火车还不如我的马车跑得好呢。"特勒维一生气，便不再去研制火车了。

斯蒂芬逊却来了兴趣，于是他找到特勒维，要跟他学习研制火车。特勒维说："你如果不怕被人嘲笑，就一个人去研制火车好了，我是再也不会干这样的傻事了。"斯蒂芬逊想，煤矿上的蒸汽机能把深井里的水抽上来，特勒维制造的机车能拉动十几吨重的东西，这力量是从哪里来的呢？他仔细观察，反复思考，悟出了其中的奥妙：火车拉得多、跑得快，全靠"大力士"蒸汽机。

为了掌握蒸汽机的原理，斯蒂芬逊不怕吃苦，长途跋涉，步行1000 多千米，来到瓦特的故乡苏格兰，在那里学习研究了一年。斯蒂芬逊在总结和掌握了前人制造蒸汽机车的经验教训以后，终于在1814 年制造出了他的第一台蒸汽机车"布鲁海尔"号。

同年七月，斯蒂芬逊进行了第一次试车。这辆火车头运行在平滑的轨道上，载重30吨，牵引着8节车厢，行驶时不会脱轨，但行驶的速度很慢。由于没有装配弹簧，车开起来，震动得很厉害。

有人讥笑斯蒂芬逊："你的车怎么还不如马车跑得快呀？"有的人说："你那玩意儿拉东西不中用，可声音比打雷还响，把牛马都给吓跑啦！"一些原来赞成试验蒸汽机车的官员现在也开始反对了，断言用蒸汽机车做交通工具是不可能的。

斯蒂芬逊并没有因为试车的不顺利而气馁，他又对火车头继续进行研究和改进。1825年9月27日，斯蒂芬逊制造的"旅行1号"机车，在斯托克顿—达灵顿铁路上试车。许多人都替斯蒂芬逊担忧，怕他这次的试车再遭失败，但更多的人在等着看他的笑话。

只见斯蒂芬逊操纵着机车，蒸汽引擎吸入大量气体，又放出部分蒸汽，呼呼作响，人们纷纷避闪，老人、妇女和儿童惊恐万分，都认为机车即将爆炸。观察了一会儿，见没有什么动静，才又走近观看。紧跟随这辆火车之后的是4节由马匹牵引的车厢，上面也坐满了工人，使众人清楚地看到了两者力量的差异。

这就是世界上第一条公用铁路，而奔驰在它上面的火车，也就是当时轰动了英国和欧美的"怪兽"。这次试车的成功，使铁路运输登上了历史舞台。

然而依然有人惊恐万状。当时，就有美国一家报社发表文章反对火车的使用，但依然无法阻止火车的飞速发展，人类文明的车轮飞速前进。

■**心灵感悟**

前进的道路总是曲折蜿蜒的，面对逆境能依然坚定地一路向前，不为流言所左右，不因嘲笑而退缩，成功的花朵必然会为你而开。

青少年喜欢看的校园小故事

❖ 飞机为什么会飞

　　冯·卡门 6 岁时的一天晚上，大哥不经意地问他："15×15 是多少？"冯·卡门边玩边答："225。"二哥接着问："924×826 是多少？"冯·卡门头也没抬一下说："763224。"全家人都发出了惊叹声，但冯·卡门的父亲——莫里斯·卡门教授——却不以为然地说："你们是串通好了在演戏吧？小宝贝，难道你还能心算出来 18876×18876 是多少吗？"冯·卡门只思索了一会儿就说出了正确答案："356303376。"大家欢呼着把冯·卡门抱了起来。

　　莫里斯·卡门教授决心将儿子培养成材，他找来许多名家的作品让冯·卡门研读。从此，冯·卡门在父亲规划好的道路上走得一帆风顺，1902 年获得硕士学位，1908 年获得博士学位。

　　1908 年的一天，冯·卡门亲眼目睹了法国航空先驱法尔芒又一次打破纪录的飞行。飞行结束后，冯·卡门从人群中挤过去，与法尔芒之间有过一段精彩的对话。

　　冯·卡门问法尔芒："我是研究科学的。有一位伟大的科学家，用他的定律证明了比空气重的东西是绝对飞不起来的，你能解释一下，飞机为什么会飞起来吗？"法尔芒幽默地回答："是那个研究苹果落地的人吗？幸好我没有读过他的书，不然，今天就不会得到这次飞行的奖金了。我以前只是个卡车司机，现在又成了飞行员。至于飞机为什么会飞起来，不关我的事，您作为教授，应该研究它。祝您成功，再见。"

　　法尔芒的话令冯·卡门大吃了一惊，他对陪他一起来的一位记者说："现在我终于知道我今后的一生该研究什么了。我要不惜一切努力去研究风以及在风中飞行的全部奥秘，总有一天我会向法尔芒讲清楚他的飞机为什么能上天的道理的。"

正是这次参观把冯·卡门引上了毕生从事航空航天气动力学研究的道路。冯·卡门在经过艰苦的研究后，对航空航天技术的发展有过很多重要的预见，后来都一一成为现实，例如超声速飞行、远程导弹、全天候飞行、卫星……

冯·卡门一生还带过很多弟子。他跟自己的弟子们说："我的老师并不是那些世界级的权威专家，而是一位卡车司机，他的名字叫法尔芒，虽然他从不读书，可是他却教会了我一个令我为之付出一生的人生真理，那就是千万不能盲目相信权威，自己的路要靠自己走。"

■ 心灵感悟

"千万不能盲目相信权威，自己的路要靠自己走"。这是真理，因为一切新的发现皆从怀疑开始。世界上没有绝对的事情，应敢于怀疑一切。

◆ 忘了自己的人

安培是美国的一位科学家。

有一次，安培在街上走着，脑子里还在想着一个计算题。街上有些什么，他全没在意。想啊想啊，智慧的火花一闪，想到了计算的方法，心里可高兴了。他马上掏出经常装在衣袋里的粉笔。这时，也真巧，前面猛地出现了一块"黑板"！他不管三七二十一，就在上面演算起来。咦！这"黑板"怎么一直往后退呀？安培心里觉得挺奇怪。但他顾不了这些，只是一步一步地紧跟着"黑板"，边跑边在上面演算着。等到算出结果，他已经累得气喘吁吁的了。抬头一看，啊！那"黑板"原来是一辆行驶着的马车！这时他才发现，马路两旁的行人，都以惊奇的目光望着他，还以为他是个疯子呢！

安培希望别人不要在自己工作的时候来打扰他，而把时间浪费在闲谈上。于是，他想了个办法，在实验室门上贴了张纸，上面写着一句话："安培先生不在家"。

有一天，安培为了研究一个问题，要到图书馆去找资料。当他回到实验室时，抬头看见门上那句话，就自言自语地说："噢，安培先生不在家。"于是又转身走了。

安培由于在从事科学研究的时候常常达到入迷的程度，所以后来他在电学方面有了许多重要的发现。

■心灵感悟

当你对一件事情投入全部的精力、忘情地去追求时，所有的一切都将成为你翱翔的平台。这时，你忘记的是环境的存在，眷顾你的却是事业的辉煌、学业的成功。

◆ 潜水艇的发明

长久以来，人们都在思考，怎样才能制造出一艘可以在海底航行的船呢？

荷兰科学家德雷布尔一次出海旅游，船夫打上来一些鱼，准备做晚饭，就在甲板上把这些鱼的内脏都挖了出来，好烧鱼肉来吃。

德雷布尔正好在甲板上看海，他看到船夫的举动，就走过来，津津有味地看着船夫弄鱼。

忽然，他注意到一个从鱼肚子里挖出的小小皮囊状的东西，而这东西好像又和其他动物的肺是有区别的，于是他问船夫："这个气囊是用来干什么的呢？"船夫说："你不知道吗？这是鱼鳔，鱼就是靠它才能在水里上下沉浮的。鱼想上浮时，它就膨胀，这样鱼就会减轻自己的相对重量，显得很轻；鱼要下潜时，它就收缩，鱼就会相对变重。"

德雷布尔听了，心中一动，他想：如果把这种原理利用到造船上，是不是就可以制造出可以潜水的船呢？经过仔细地思考，他花了几天的时间，画出了一张设计图，然后请造船厂的工人来帮忙，按照图纸，一起制造了一艘船。这艘船用木质做骨架，外面包了层牛皮，船内装了很多羊皮囊，就像鱼鳔一样。

德雷布尔将它开进水中，把所有的羊皮囊都打开，让海水流进来，船身就开始慢慢地下沉。岸上的人看了，都很担心，怕德雷布尔和他的船就此沉入海底，再也浮不上来。过了一会儿，船已经完全潜入到水中了，德雷布尔让助手们在水底划起船桨，向前行驶了一段路程，这才停下来，然后把皮囊中的水都挤了出去，船身就又奇迹般地浮出了水面。岸上的人看了，惊叹不已，不由得欢呼起来。人类终于可以实现在海底遨游的梦想了！

虽然德雷布尔的潜水艇还比较简陋，还要用人力推动，但毕竟让漫游海底世界的探索有了一个成功的开端。100多年后，潜水艇正式出现在战争中，在美国脱离英国殖民统治的独立战争中立下了奇功。

■心灵感悟

生活中的学问才是大学问。学习的光阴的确可以用金子来衡量，但如果有闲暇的时间，真的该多观察我们所生活的这个世界。因为大千世界是无奇不有的，只要我们在生活中勤于观察、善于思考、勇于想象，一样可以创造生命的奇迹。

❖ 博览群书造就的科学家

道尔顿是英国伟大的科学家，他提出了著名的"道尔顿原子论"，被认为是近代化学基础理论的奠基者。

小时候，由于家里很穷，道尔顿 13 岁就辍学了。不过少年时期的道尔顿并没有放弃学习，而是找同学借来课本，在家里自学。由于道尔顿善于动脑筋，他的学习进度比同学还快。他有一位亲戚爱好自然科学，道尔顿就向他学习数学、物理知识。后来，道尔顿自己开设了一所学校，他不仅负责教学生的功课，而且还利用一切时间刻苦读书。

1781 年，道尔顿到一所学校当老师，这是一所很简陋的学校，但是图书馆里却堆满了书。道尔顿看到书架上有这么多书，兴奋极了。从此，他天天坚持不懈地读书，攻读数学知识，努力培养自己运用数学方法分析科学问题的能力。在这段时间里，他还学习天文，观测天气。

道尔顿兴趣广博，阅读了大量书籍，并能够学为己用。他的读书方法很有独到之处。

第一个特点是书本知识和实验相结合，这使他能够做到学以致用。

第二个特点是他视野开阔，对自然科学和社会科学方面的书都广泛阅读，对哲学著作尤其倾心，这给他的思想方法带来了很大益处。他认为，博览群书，即使看不属于自己研究范围的著作，也大有益处。因为这样，不仅开阔思维，而且能让自己的见识更宽广，知识之间在某种程度上是相通的，融会贯通，方能在自己熟悉或不太熟悉的领域里有所收获。正是这种博览群书的方法使道尔顿视野开阔、知识渊博，后来终于成为伟大的科学家。

■心灵感悟

　　我们手头上掌握的知识越多，我们的创造性就会越强。但在掌握知识的过程中，需要我们把知识按照不同的方式加以组合，这样才会产生不同的作用，我们要想成为一个综合型人才，就必须先掌握把知识组合的方法。

名人小故事

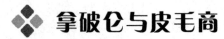

拿破仑与皮毛商

拿破仑带兵攻打俄国期间，他的部队在一个无比荒凉的小镇中作战，当时他意外地与他的军队走散了，一群俄国哥萨克人盯上他，在弯曲的街道上追逐他。拿破仑开始逃命，并潜入僻巷中的一家小毛皮商人家。当拿破仑气喘吁吁地逃入店内时，他对一位法国毛皮商人大叫："救救我，救救我！我可以藏在哪里？"

毛皮商说："快点，藏在角落的那堆毛皮底下！"然后他用很多张毛皮盖住拿破仑。

刚盖完，俄国哥萨克人就已冲到门口，他们大喊："拿破仑在哪里？我们看见他跑进来了！"不顾毛皮商人的抗议，他们把他的店给搜了。他们用剑捅了捅毛皮，由于毛皮刚运来不久，很湿、很硬，剑不可能刺进去，所以哥萨克人没有发现他。找了很久，他们最终放弃并离开了。

过了一会儿，正当拿破仑的贴身侍卫来到门口时，拿破仑毫发无损地从毛皮下爬出来。毛皮商向拿破仑胆怯地说："请原谅我对一个伟人问这个问题，但是躲在毛皮下，知道下一刻可能是最后一刻，那是什么样的感觉？"

拿破仑站稳身子，愤怒地向毛皮商人说："你竟然对拿破仑皇帝问这样的问题？警卫，将这个不知轻重的人带出去，蒙住眼睛处决他。我本人将亲自发布枪决命令！"

警卫捉住那可怜的毛皮商人，拖到外面，蒙着双眼面壁而立。毛皮商人看不见任何东西，但是他可以听到警卫准备步枪的声音，还可以听见自己的衣服在冷风中簌簌作响。毛皮商感觉到寒风正轻轻摇着他的衣摆、冷却他的脸颊，他的双脚正不由自主地颤抖着。然后，他听见拿破仑清清喉咙，慢慢地喊着"预备……瞄准……"

在那一刻，他知道这一些无关痛痒的感伤都将永远离他而去，而眼泪流到脸颊时，一股难以形容的感觉自他身上奔泻而出。

经过一段长时间的安静之后，毛皮商人听到有脚步声靠近他，他的眼罩被解了下来。他睁开眼睛，看见拿破仑正望着自己，似乎想看穿他灵魂里的每一个角落。这时，拿破仑轻声地说："现在你知道是什么感觉了吧？"

■ 心灵感悟

最真切的体验必然来自亲身的实践。当我们妄图将某件事情深切地印在心里时，那么请亲自动手去做，包括每一个细节。

中小学生课间十分钟阅读系列丛书

❖ 不幸中的万幸

爱迪生一生有 1093 项发明，但他小时候做实验时，不幸变成了聋子，双耳几乎听不到声音。

一位对他忌妒得要命的人，故意在一次宴会上，附着爱迪生的耳朵大声喊道："尊敬的爱迪生先生，你听得见我在说话吗？"

爱迪生摇了摇头，表示他听不太清楚。

"真可怜啊，双耳不能欣赏美妙动听的音乐，万籁之声纯属放屁，这样的人活着有什么意义呢？"那人痛苦地皱着眉头，露出同情和挖苦的神情。

爱迪生没有理他，继续吃自己面前的菜。

那人为了缓解无人理他的尴尬场面，用稍微缓和的语调继续说道：

"你是发明大王，为何不为自己发明一个助听器？听说你不是全聋，可见你也不是全才——什么都会发明的全才，仁慈的上帝啊，你多残忍呀，你在造物时总是不能十全十美，你可怜可怜伟大的发明家吧，让他的双耳复聪，哪怕只听一次美妙的乐声也行！"

爱迪生这时候放下了手中的刀叉，对那位附在他耳朵边大声嚷嚷的人说：

"不，先生，耳朵聋了对我来说是很不幸，可它促使我省下听许多无聊话的时间，专心学习搞发明，你难道不认为这又是一件好事吗？"

他顿了顿，又反问道："譬如，你刚才那几分钟说的话，有多少是该非听不可的呢？如果耳朵都用来听无聊至极的话，那才叫万幸中的不幸呢！"

心灵感悟

幸与不幸是相对的，这完全取决于我们看待问题的态度。积极乐观的态度也能将本来不幸的事情转变成幸运的事情。所以，事情本身好坏并不重要，重要的是看待它的态度。

◆ 坚立鸡蛋

当哥伦布航海行程结束以后，一个让人们惊叹的消息也随之诞生：哥伦布发现了一个新大陆。很多人都对哥伦布取得的成功表示赞叹。这可是具有划时代意义的大事。

皇室也特别为哥伦布举行了庆功宴，请他讲述一些艰险或有趣的故事。此时，有一位大臣却显得不屑一顾，他不服气地说："地球是圆的，任何一个人坐上船航行，都能到达大西洋的彼岸，没什么奇怪的。"旁边的几个人听了这位大臣的言论也觉得有道理，便在一旁附和。

哥伦布的朋友们，都想出面制止这种诋毁他声誉的行为，因为谁都知道，环球航行，困难重重，是谁都能做到的吗？可是哥伦布反倒显得镇定自若。

过了一会儿，哥伦布请侍者拿来几个煮熟的鸡蛋，来到大厅的中央，并礼貌地邀请刚才那几位对他表示怀疑的臣子做一个简单的小游戏。人们把目光都聚集到他们的身上。

哥伦布对那几个大臣说："各位大臣，如果你们谁能把鸡蛋竖立

中小学生课间十分钟阅读系列丛书

在桌上，那你们就算赢。"

接着，几位大臣就开始了这个游戏，可是无论怎么做都不成功，围观的人，也有人尝试，依然没有人能将鸡蛋竖立起来，都说这不可能。

正当大家都开始否定这个游戏的可行性时，哥伦布走到桌子边，拿起了一个鸡蛋，用一端轻轻朝桌子砸下去，蛋的一端被砸破了，蛋也稳稳地竖立在桌子上。

大臣们一片哗然，都说蛋都打破了，还能算吗？要是这样也行，那三岁的小孩不是也可以了吗？

哥伦布看着大家不服的样子，缓缓地说道："虽然这是个很简单的游戏，你们却没有一个人做到。但是知道游戏的结果后，大家却都说不过如此。也许，每件大胆的尝试都是这样的吧。"

■ 心灵感悟

大多数人之所以不能取得重大发现，是因为一开始就缺乏尝试的胆量。要知道，一切事情都只有通过尝试才能明确其成功与失败。如果一开始就界定事情的不可能性，永远也不会取得成功。

◆ 富兰克林和书

富兰克林自幼酷爱读书。但由于家贫无钱上学，他从少年时代起，就独自谋生，常常饿肚子省钱买书读。

某一天，富兰克林在路上看到一位白发老妪，已饿得走不动了。他就好心地将自己仅有的一块面包送给她。老妪看富兰克林的样子，也是一个穷人，不忍收他的面包。

"你吃吧，我包里有的是。"富兰克林说着拍拍那只装满书籍的背包。

老妪吃着面包，只见富兰克林从背包里抽出一本书，津津有味地读起来。"孩子，你怎么不吃面包啊？"老妪问道。富兰克林笑着回答说："读书的滋味要比面包好多了！"

经济拮据，购书能力有限，富兰克林只得经常借书读。他常在夜间向朋友敲门借书，连夜点起一盏灯，专心读书，疲乏了就以冷水浇头提提神，坐下继续阅读，第二天一早，准时把书还给书主，从不失信。

■心灵感悟

有成就的人并不是天生的，他们一样通过了刻苦勤奋的钻研才有后来的成果。伟大的人没有哪个不热爱阅读，读书是他们许多爱好中能坚持到生命最后的一项工作。

❖ 追逐梦想的安徒生

从前有一个穷孩子，父亲是鞋匠。父亲去世之后，母亲为了生活不得不带着他改嫁。

一天，他有机会去晋见王子，他满怀希望，在王子面前唱诗歌、朗诵剧本。

表演完毕后，王子问他想要求什么赏赐？这个穷孩子大胆地提出要求："我想写诗剧，而且在皇家剧院演戏。"王子把这个长着小丑般大鼻子的笨拙男孩从头到脚看了一遍，然后对他说："能够背诵

中小学生课间十分钟阅读系列丛书

剧本，并不表示能够写剧本，那是两码事，我劝你还是去学一门有用的手艺吧。"

但是，他回家以后，打破了自己的储钱罐，向母亲和从不关心自己的继父道别，离家去追寻自己的理想。这时候，他才 14 岁，但他相信，只要自己愿意努力，安徒生这个名字一定会流传千古。

他到了哥本哈根，挨家挨户地按门铃，几乎按遍了所有达官贵人的门，却没有人赏识他，他衣衫褴褛地落魄街头，却仍不减他心中的热情。

终于在 1835 年，他发表的童话故事吸引了儿童的目光，开启了属于安徒生的新的一页，他的童话故事被译成多种文字，除了《圣经》之外，没有任何一本书比得上。这时，距离他离开家已经 16 年了。

■心灵感悟

有成就的人都是从追逐梦想开始，并在追逐的过程中坚定信念，毫不气馁。

◆ 围栏上的钉子

有一个爱发脾气的男孩，总是控制不住自己的情绪。一次，父亲给了他一袋钉子，对他说："每当你要发脾气的时候，就钉一颗钉子在后院的围栏上。"男孩虽然有些不解，但仍接过袋子，按照父亲的话去做了。

第一个月，男孩每天都钉下十几颗钉子；到了第二个月，他钉的钉子减少了，每天只有不到十颗……慢慢地，男孩钉下的钉子越来越少——他发现控制自己的脾气要比钉下那些钉子容易得多。终于有一天，这个男孩再也不乱发脾气了。他告诉父亲这件事，父亲又要求他从现在开始，每当他能控制自己脾气的时候，就拔出一颗钉子。时间一天天地过去了，最后，男孩告诉父亲，他已经把所有的钉子都拔出来了。

父亲很高兴，拉着他的手，来到后院的围栏旁，温和地对他说：

"你做得很好，我的孩子。但是，你看看那些围栏上的洞——这些围栏永远也不能恢复到从前的样子了。你生气时说过的话，就像那些钉子一样，在对方的心里留下了永久的伤口。而话语的伤痛比起肉体的伤痛，常常更加令人无法承受。"

这个男孩就是林肯，他后来成为了美国历史上最伟大的总统之一。

■心灵感悟

有些伤害在造成了以后就永远难以弥补，比如心灵的伤害。所以在我们说话做事之前，应该慎重地考虑一下是否会带给别人伤害，做一个谨言慎行的人。

❖ 真实的高度

一天，大仲马得知他的儿子小仲马寄出的稿子总是碰壁，便对小仲马说："如果你能在寄稿时，随稿给编辑先生们附上一封短信，或者只是一句话，说：'我是大仲马的儿子'，或许情况就会好多了。"

小仲马固执地说："不，我不想坐在你的肩头上摘苹果，那样摘

中小学生课间十分钟阅读系列丛书

来的苹果没味道。"年轻的小仲马不但拒绝以父亲的盛名做自己事业的敲门砖，而且不露声色地给自己取了十几个其他姓氏的笔名，以避免那些编辑先生们把他和大名鼎鼎的父亲联系起来。

小仲马坚持创作自己的作品。他的长篇小说《茶花女》寄出后，终于以其绝妙的构思和精彩的文笔震撼了一位资深编辑。这位知名编辑曾和大仲马有着多年的书信来往。他看到寄稿人的地址同大作家大仲马的丝毫不差，怀疑是大仲马另取的笔名。但作品的风格却和大仲马迥然不同。带着这种兴奋和疑问，他迫不及待地乘车造访大仲马家。

令他大吃一惊的是，《茶花女》这部伟大的作品，作者竟是大仲马那名不见经传的年轻儿子小仲马。"您为何不在稿子上署上您的真实姓名呢？"老编辑疑惑地问小仲马。

小仲马说："我只想拥有真实的高度。"

老编辑对小仲马的做法赞叹不已。

《茶花女》出版后，法国文坛书评家一致认为这部作品的价值大大超越了大仲马的代表作《基度山恩仇记》。

小仲马一时声名鹊起。

■心灵感悟

真实的高度是不借助他人已有的成就，而是通过自身的努力去达到。小仲马能做到，我们一样能凭借真实的力量去做到。

宽厚的海明威

二战时，美国海军炮艇"塔图伊拉"号停泊在英国威尔士，莱德勒少尉在炮艇上服役。一个星期天，他在一个"不看样品"的拍卖会上，用30美元拍得一个密封的大木箱。打开木箱，里面是两箱威士忌。许多围观的人愿出30美元买一瓶，莱德勒婉言谢绝，因为他不久将调走，他想留着这些威士忌开一个告别酒会。

嗜酒的海明威当时正好在威尔士，他找到莱德勒，希望买6瓶酒，莱德勒以同样的理由拒绝了。海明威掏出大把的美钞说："卖我6瓶，你要多少钱都行！"莱德勒沉默了一会，说："好吧，我用6瓶酒换你6堂课，你教我怎样成为一个作家，如何?"海明威答应了。海明威认认真真地为莱德勒上了5堂课，准备上最后一堂课时，他临时有事要离开威尔士。莱德勒陪他去机场，海明威说："我绝不会食言，现在就给你上第6堂课。"海明威说："在描写别人前，首先自己要成为一个有修养的好人……第一，要有同情心；第二，以柔克刚，千万别讥笑不幸的人。"莱德勒疑惑不解地问："做好人与写小说有什么相干?"海明威一字一顿地说："这对你的整个生活都是重要的。"

临别前，海明威突然转过身来说："朋友，为你的告别酒会发请柬前，务必把你的酒抽样品尝一下！"回到炮艇后，莱德勒打开威士忌，发现里面装的全部是茶。莱德勒不禁为海明威的宽厚深深感动。

■ 心灵感悟

宽容地对待他人的错误，我们的心灵会变得更加敞亮。

◆ 哭鼻子的大仲马

有一天，大仲马的一位好友前来拜访他，见他正独自坐在书桌前，双手抚摸着稿纸，低声抽泣着。朋友就坐在一旁的沙发上等，可等了好长一段时间，还不见他的情绪有所好转，就决定去劝劝自己的朋友。他拍了拍大仲马的肩膀，关心地问："亲爱的，到底发生了什么事，令你如此伤心？"

大仲马回头一看，见是好友来了，便把事情的原委诉说了一遍。原来，大仲马正在创作《三个火枪手》，最后由于故事情节发展的需要，其中的一个火枪手非死不可。可大仲马非常喜欢这个人物，想试图改变这个人物的命运，然而却无法做到。他一想到自己喜欢的英雄人物将被自己的笔杀死，而自己对此又无能为力，就不由得伤心至极，流下了眼泪。

他的朋友听了他的诉说后，笑着对大仲马说："我的朋友，你可知道我已来了多久了……"

这时大仲马的一位仆人刚好从门口经过，听了这话也笑了，说道："先生，您不过来了 45 分钟，而主人却已经哭了好几个小时啦！"

■心灵感悟

看来写作有时是要动真感情的，因为只有先感动了自己，才能感动别人。

◆ 巴尔扎克的手杖

巴尔扎克并非一出世就名扬天下，誉满全球。在成名之前，巴尔扎克也曾困顿过、狼狈过。

他本是学法律的，可大学毕业后偏偏想当作家，全然不听父亲让他当律师的忠告，把父子关系弄得十分紧张。不久，父亲便不再向他提供任何生活费用，他写的那些作品又不断地被退了回来。他陷入了困境，开始负债累累。最困难的时候，他甚至只能吃点干面包喝点白开水。但他挺乐观，每当就餐，他便在桌子上画上一只只盘子，上面写上"香肠"、"火腿"、"奶酪"、"牛排"等字样，然后在想象的欢乐中狼吞虎咽。

更发人深省的是，也正是这段最为"狼狈"的日子里。他花费700法郎买了一根镶着玛瑙石的粗大手杖，并在手杖上刻了一行字："我将粉碎一切障碍"。

正是这句气壮山河的名言支持着他坚持创作。后来的事实表明，他果然成功了。

■心灵感悟

我们也不妨学习伟大的作家给自己刻上一句启迪人生的座右铭，让它在我们困顿的时候坚定我们前进的步伐。

❖ 最成功的演奏

1786年冬天的一个傍晚，在维也纳近郊一间小木屋里，一个失明的穷苦老人快要死了。他从不喜欢牧师和修道士，于是他叫女儿到街上把碰到的第一个人请进屋子来，他要在临死前向这位陌生人倾诉自己的心声。

这条街很是荒凉，而且天很冷，女儿好不容易等到一个哼着曲子走来的人，向他说明了父亲的请求。

"好吧"，那人冷静地说，"虽然我不是牧师。"

中小学生课间十分钟阅读系列丛书

这个陌生人穿着很讲究，很快把凳子移近床边，坐下来，弯着腰，愉快地凝视着临终者的脸。"你说吧！"他说，"我不是借上帝的权力，而是用我所从事的艺术的力量，使你在生命的最后几分钟获得轻松的感受。你有什么愿望？"

老人突然微笑起来，高声说："我想再一次看到我的妻子，就像年轻时遇见她的样子。想看见太阳，想看见百花齐放的春天。但这是不可能的，先生，您不要为我的蠢话生气。"

那陌生人站起来，看到了角落里一把破旧的翼琴，说："好吧。"

悠扬的琴声在小屋内散开，仿佛千百颗玉珠被抛到玉盘里。

"听吧"，陌生人说，"听吧，看吧！"

他弹起来了。这把破旧的翼琴第一次纵声歌唱，它的声音充满了整个小屋。

"我看见了，先生！"老人在床上欠起身来，"我看见和妻子相会的第一天，她因为慌乱打翻了一罐牛奶。"倾听着琴弦发出的河水的潺潺声，他喃喃自语。

"难道你没看见？"陌生人一边弹琴，一边流畅地说，"黑夜逐渐淡去，天空变成了蔚蓝；温暖的阳光从空中射下来，你家门前的树上不是已经开满了花吗？"

"这些我统统看见了。"老人喊着，贪婪地大口呼吸着，手在被子上摸索。他喘息着说："我像许多年前一样看到了这一切，你叫什么名字，年轻人？谢谢你为我所做的。"

"我叫沃尔夫冈·阿马德乌斯·莫扎特。"陌生人回答。

一位音乐家，让一个失明老人在临死前看到了阳光和春天，这归功于他深厚的艺术功底；而他能走进那间破旧的木屋，对着穷苦人演奏，正体现了他善良的本性和伟大的品格。

伟大的艺术形式通常都具有深刻的精神内涵，只有怀有真切的人文关怀的人才能创造出人民大众认可的伟大作品来。

❖ 白手和黑手

法国巴黎大剧场内，数万观众静静地注视厚厚的玫瑰红天鹅绒。今晚，这儿要上演莎士比亚的名剧《奥赛罗》，而且，扮演剧中男主角奥赛罗的是法国著名演员菲利浦，帷幕徐徐拉开，菲利浦穿一身中世纪骑士戎装登台亮相。

戏迷们突然惊讶起来：咦，奥赛罗是摩尔人，皮肤很黑，这位大明星脸黑如漆，手却是白白净净的。戏迷们开始叽叽喳喳议论开了。

菲利浦低头一瞄双手，不由得恍然大悟：糟了！刚才因为参加宴会，回来晚了，化妆时竟忘了将双手涂上黑色油彩。

毕竟是久经舞台的大明星，菲利浦打定主意不慌不忙地将戏一路演下去，一直演到戏中间下场，进入后台，菲利浦利索地取来黑色油彩，将双手涂抹得黑亮亮的，然后戴上一副洁白的丝质手套。菲利浦重返舞台了。瞧他，仍是黑脸、白手的模样，冲动的观众们再也不买大明星的账了，低低的议论升级为嘲笑声、哄闹声。

菲利浦似乎沉浸在角色之中，没有理会台下的起哄。他搓搓双手，说出剧中的一段台词："真急死人了，玳尔德蒙娜怎么还不来？外面的风真大，会不会是海风将这美人乘的船拦在海上？对！要派个人去看看！"他边说边自然地摘下了手套，露出了一双墨黑的手。

所有的观众都大吃一惊：剧中的奥赛罗原来是戴了白手套，噢——刚才竟然想错了，菲利浦怎会出这个差错呢！

剧院内掌声如雷。

■ 心灵感悟

有时候，将错就错、随机应变，不失为创意的另一种思路。

◆ 林语堂的演讲

幽默大师林语堂对演讲特别重视。首先，他认为演讲，尤其是对群众演讲，必须像女孩子穿的迷你裙一样，越短越好。其次，他认为一篇成功的演讲，必须在事前有充分的准备，但在演讲时又让人觉察不到有准备的工夫。因此，林语堂最反对令人措手不及的临时演讲。

有一次，林语堂到一所大学参观。参观之后，校长陪同他到大餐厅和同学们共进午餐，校长深感机会难逢，临时请他对学生讲几句话。林语堂十分为难却又推无可推，于是即景生情地讲了一个笑话。他说："罗马时代，皇帝残害人民，时常把人投到斗兽场中，让人活生生地被野兽吃掉，这实在是一种残忍不堪的事。有一次，皇帝又把一个人投进斗兽场里，让狮子去吃。岂料此人浑身是胆，只见他慢腾腾地走到狮子身旁。在它耳边讲了几句话，那狮子掉头就走，并不吃他。皇帝看在眼里，倍感诧异，于是再放一只老虎进去，那人依然无所畏惧地走近老虎身旁，同样和它耳语一番，那只老虎也悄悄走开了，照旧不吃他。皇帝百思不解，就把那人叫出来盘问：'你到底对狮子和老虎说了些什么，竟使它们不吃你而掉头就走呢？'

那人答道：'简单得很。我只是提醒它们。吃我很容易，不过吃了以后，你得演讲一番。'"讲罢，博得满堂喝彩，然而，那位校长却被弄得啼笑皆非，显得十分尴尬。

另有一次，纽约某林氏宗亲会邀请林语堂演讲。希望借此宣扬林氏祖先的光荣事迹。他深知这种演讲是背儿媳过河——费力不讨好。因为不说些称颂祖先的话，同宗会大失所望；倘若过于吹嘘，又有失学者风范。于是他认真思索，策划了一篇短小精悍的讲稿。他说："我们姓林的始祖，据说有商朝的比干丞相，这在《封神榜》里提到过；英勇的有《水浒传》里的林冲；旅行家有《镜花缘》里的林之洋；才女有《红楼梦》里的林黛玉。此外，还有美国大总统林肯，独自驾机飞越大西洋的林白，可谓人才辈出。"林语堂这段简单而精彩的演讲，令台下宗亲雀跃不已，禁不住鼓掌叫好。然而，当我们仔细回味他的话时，就会发现他所谈的不是小说中虚构的人物，就是与林氏毫不相干的海外名人，并未对祖先歌功颂德。

🔲 心灵感悟

打有准备的仗往往比赶着鸭子上架来得从容，做有准备的事才不至于因为临时的仓促赶急而把事情搞砸。名人如此，我们更应如此。

❖ 毕加索成名的秘密

开创印象派画风的伟大艺术家毕加索。时至今日仍然为人们所推崇，他所作的画是世界各地人们趋之若鹜的珍藏品。可是谁又能想到。这样一位无限风光的大画家，也曾经有过不堪回首的岁月。

中小学生课间十分钟阅读系列丛书

毕加索初到巴黎，谁都不认识他。在巴黎夹着一块画布为生的年轻人实在太多了，而画店的老板却大多数只是附庸风雅，在大堂中摆放当时的名家名作。尚未成名的毕加索四处碰壁，贫困潦倒。

他身边只剩下了15个银币。如果再不能卖出自己的画，那他只能离开巴黎回到老家。在巴黎最后的日子里，毕加索孤注一掷，做出了他人生之中最具有转折意义的一次策划。

在这之后的一个月中，整个巴黎的画廊老板都快发疯了。每天至少会有一两个人来画廊转悠，左看右看，却什么都不买。可是临走之前，他们都这样问道："请问，这里有毕加索的画吗？"

"请问，这里有毕加索的画吗？"无数次的询问，使得毕加索的名字犹如明星般在画商的圈子里炸开了。"谁是毕加索？有谁看过他的画？"人们按捺着激动的心情，四处打探着。直到一个月之后，毕加索带着他那些许久无法卖出的画出现了。

他的出现好比是一场旱灾之后的及时雨。画商们很快将他的画一买而空——于是，这个被巴黎主流画界一直拒绝于门外的艺术家一举成名。

原来，毕加索用那15个银币雇佣了几个大学生，成功地将自己生涩的身份进行了掉转，从而使人们更早地欣赏到他那天才般的艺术才能。

然而，另外一位伟大的画家凡·高，却苦苦地等待主流画界的接纳，而不得不在饥寒交迫的岁月中向自己开了枪。他的作品，一直到他死后才慢慢地开始大放异彩。

你能说凡·高的作品不及毕加索吗？如今，热爱艺术的人们对这两位大师都投以崇敬而热切的目光，因为他们都在各自的领域做出了最精彩的答卷。可是，我们不能不说，毕加索的人生策划，真正地改变了他一生的命运。

　　对待窘迫的环境不能总是坐以待毙，应该主动出击的时候就得行动。人生需要有计划，那样才能顺利实现人生的目标。

❖ 疾病的另一面

　　有这样一位病恹恹的美国人。

　　3 岁时，他得了严重的猩红热，在医院一躺就是数月，后靠一剂强心针，勉强摆脱了死神的纠缠。

　　18 岁时，他又染上了一种怪病，住进波士顿的一家医院。在写给朋友的信中，身心俱疲的他流露出了绝望："也许，明天你就得参加我的葬礼了！"

　　26 岁时，他通过隐瞒病史参加了海军。在与日本人的一场海战中，他所在的军舰不幸被击沉。他最后靠身边的一块木板捡回了一条命，但却落下了更严重的后遗症。

　　30 岁时，他去英国出差，突发虚脱昏倒在一家旅馆里。当时，英国最高明的医生断言他"最多只能活 1 年"。

　　37 岁时，他身上多种病症并发，长时间卧床不起。

　　可就是这样一位从小到大百病缠身、快要接近废人的人，却从平民百姓起步，从工人、军人、作家再到议员，一步一个脚印，在 43 岁那年，成为美国历史上最年轻的总统，他就是约翰逊·肯尼迪。

　　很难想象，在公众场合精力充沛、风度翩翩的肯尼迪竟然是个药罐子。而事实的确如此，在他各个发病期的主治医生都见证了这一点，同时，他们也见证了肯尼迪各个发病时期孜孜不倦的勤奋：

病床上，他的身边随时堆满了书籍和笔记本，35 岁那年，他在病床上创作的描写二战期间的专著《勇敢者》，荣获了当年的普利策奖；即使当了总统之后，有时病得无法办公，他也会躺在疗养室的温水池里阅文件、下指示……因为疾病，无时无刻不让他感受到死亡的威胁，这种威胁又无时无刻不让他感觉到时光的宝贵，因此，在有限的 46 年生命中，他废寝忘食、快马加鞭，成为美国历史上最有影响力的总统之一，被许多人誉为"与时间赛跑的人"，这不能不说是一个奇迹。

心灵感悟

我们有比肯尼迪更好的身体条件和更多的时间，我们所欠缺的，是较量困难的斗志，以及把握光阴的自觉性。肯尼迪的奋斗经历，无疑可以成为我们学习借鉴的一面镜子。我们应努力成为一个"与时间赛跑的人"。

◆ 选好心田的种子

法国作家莫泊桑，很小的时候便表现出了出众的聪明才智。只要是他读过的书，不管是什么人何时问起，他都能够倒背如流。而且他爱好广泛，不但热爱读书背书、写诗作文。还喜欢踢足球、弹钢琴、修理汽车、去烧烤店学习制作烧鹅，甚至是去乡下种菜。都是他热衷做的事情。

有一天，莫泊桑跟舅父去拜访他的好友、著名作家福楼拜。莫泊桑的舅父想将他推荐给福楼拜，让他做莫泊桑的文学导师。可是，莫泊桑却骄傲地问福楼拜究竟会些什么？福楼拜反问莫泊桑会些什么？莫泊桑得意地说："我什么都会，只要你知道的，我就会。"

福楼拜不慌不忙地说："那好，你就先跟我说说，你每天的学习情况吧。"莫泊桑自信地说："我上午用 2 个小时来读书写作，用另 2 个小时来弹钢琴，下午则用 1 个小时向邻居学习修理汽车，用 3 个小时来练习踢足球，晚上，我会去烧烤店学习怎样制作烧鹅，星期天则去乡下种菜。"说完后，莫泊桑得意地反问道："福楼拜先生，您每天的工作情况又是怎样的呢？"

福楼拜笑了笑说："我每天上午用 4 个小时来读书写作，下午用 4 个小时来读书写作，晚上，我还会用 4 个小时来读书写作。"莫泊桑不解地问："难道您就不会别的了吗？"福楼拜没有回答，而是接着问："我还想问问，你究竟有什么特长，比如有哪样事情你做得特别好的？"这下，莫泊桑答不上来了，于是，他反问福楼拜："那么，您的特长又是什么呢？"福楼拜说："写作。"

原来特长便是专心地做一件事情。人心是块田，你种下什么，便会长出什么。但，如果你将玉米、黄豆、小麦和南瓜统统种在一块田里，那将什么也长不出来。只有选择一颗适合自己的种子，并日积月累地以汗水浇灌，才能培育出成功的果实。

■ 心灵感悟

　　人生不能把所有东西都尝一遍，在有限的时间里，我们应该朝着一个最适合自己的方向努力，那样才能有所成就。

❖ 把裤头儿也脱了吧

明代哲学家王阳明是中国思想史上一个重量级的人物。他早年在贵州龙场任驿丞时，曾逮捕了当地一个罪大恶极的强盗头目。该头目平时明火执仗，杀人越货，无恶不作。在受审时，他很爽快地对王阳明说："我犯的是死罪，要杀要剐，任你处置，只请你不要和我谈道德良知。像我这种人是从来不谈这个的，甚至连想都没有想过。"

王阳明当即说："好的，今天我不和你谈道德良知。不过，天气这么热，我看在审案前我们还是把外衣脱了吧。"

强盗头目原来是被捆绑着的，脱外衣意味着松绑。于是，他赶紧说："好！好！脱。"

脱去外衣后，王阳明又说："还是热，再把内衣也脱了吧。"

强盗头目当然不会在乎赤膊，于是就脱了内衣。

这时，王阳明再说："还是热得不行，我们再把外裤也脱了吧。"

强盗头目也说好……庭上庭下两人身上只剩下一件裤头儿。

而此时王阳明更进一步，说道："干脆我们把裤头儿也脱了吧，全身赤裸更自在……"

一听说连裤头儿也要脱，强盗头目赶紧说："这可使不得！万万使不得！"

面对此情此景，王阳明当即来了一番水到渠成的因势利导："为什么'使不得'？这是因为在你心中最后还剩有那么一点儿羞耻感。而这点儿羞耻感又何尝不是'道德良知'的某种表现。一个新生儿是决不会在乎自己光屁股的，可见就是像你这样十恶不赦的家伙，我照样可以和你谈'道德良知'……"

为此，强盗头目口服心服，在王阳明所标举的"道德良知"感召下，全盘将自己的罪行一一如实供出。

心灵感悟

再十恶不赦的人心底还是保留着一丝道德的，只要选择适当的方法，是可以唤醒其心底的良知的。

❖ 幸福自知

20 世纪最具影响力的英国思想家罗素，在 1914 年来到中国的四川。

当时正值夏天，四川的天气非常闷热，罗素和陪同他的几个人坐着那种两人抬的竹轿上峨眉山。山路非常陡峭险峻，几位轿夫累得大汗淋漓。作为思想家和文学家的罗素，此情此景使他没有心情观赏峨眉山的奇观，而是思考起几位轿夫的心情来。他想，轿夫们一定痛恨他们几位坐轿的人，这样热的天气，还要他们抬着上山，甚至他们或许正思考，为什么自己是抬轿的人而不是坐轿的人？

罗素正思考着的时候，到了山腰的一个小平台，陪同的人让轿夫停下来休息。罗素下了竹轿，认真地观察轿夫的表情，很想去宽慰一下辛苦的轿夫们。

但是，他看到轿夫们坐在一起，拿出烟斗，有说有笑，讲着很开心的事情，丝毫没有怪怨天气和坐轿人的意思。他们还饶有趣味地给罗素讲自己家乡的笑话，还给这位大哲学家出了一道智力题："你能用 11 画，写出两个中国人的名字吗？"罗素承认不能。轿夫笑呵呵地说出答案："王一、王二。"罗素陡然心生一丝惭愧和自责，我凭什么去宽慰他们？我凭什么认为他们不幸福？

后来，罗素因此得出了一个著名的人生观点：用自以为是的眼光看待别人的幸福或苦痛是错误的。

■ 心灵感悟

　　有时，我们总试图用自己的思想去揣度别人的想法，殊不知每个人都有自己的冷暖，别人永远也无法完全了解。

❖ 昂贵的誓言

　　1797 年 3 月，拿破仑在卢森堡第一国立小学演讲的时候，激情地将一束价值 3 路易的玫瑰花送给了该校校长，并且对该校长说出如此誓言：为了答谢贵校对我，尤其是对我夫人约瑟芬的盛情款待，我不仅今天献上一束玫瑰花，而且在未来的日子里，只要我们法兰西存在一天，每年的今天我都将派人送给贵校一束价值相等的玫瑰花。拿破仑此言一出，该校校长十分兴奋，带头鼓起掌来。

　　后来，拿破仑穷于应付连绵不断的战争，并且由于战败也就没有兑现那个玫瑰花的誓言。

　　然而，卢森堡人却没有忘记此事。1984 年的年底，卢森堡人旧事重提，要求法国政府予以兑现。对此，他们给了法国政府两个选择：要么从 1797 年算起，以 3 个路易一束玫瑰花作为本金，以 5 厘复利计算全部偿还；要么法国政府在全国各大报刊上公开说明拿破仑是个言而无信的小人。法国政府当然不愿意做有损拿破仑声誉的事，于是他们选择了赔款。然而，算出来的数字让他们大吃一惊，原本才 3 路易一束的玫瑰花，如今本息却已高达 1375596 法郎了。面对这笔巨额赔款，法国政府又不愿意了。于是他们另谋出路，最后给了一个令卢森堡愿意接受的赔偿方式：以后无论在精神上还是物质上，法国都将始终不渝地对卢森堡的中小学教育予以支持和赞助。如此，事情得以妥善解决。

当初拿破仑绝对没有想到，由于自己一时的激情之语，会给法国带来如此的负担。

不要轻易地对人许下诺言。一旦许诺了，就要去兑现。要知道，自己可以忘记自己的许诺，但是别人却不会轻易忘记。

陶行知先生的演讲开场白

有一次，陶行知先生在武汉大学演讲，走上讲台，他不慌不忙地从箱子中拿出一只大公鸡。台下的听众全愣住了，不知陶先生要干什么。陶先生又掏出一把米放在桌上，然后按住公鸡的头，强迫它吃米，可是公鸡只叫不吃。他又搬开公鸡的嘴，把米硬往鸡的嘴里塞，公鸡拼命挣扎，还是不肯吃。陶先生松开手，把鸡放在桌子上，自己退后，公鸡自己就吃了起来。

陶行知先生这才开始演讲："我认为，教育就跟喂鸡一样，先生强迫学生去学习，把知识硬灌输给他，他是不情愿学的，即使学也是食而不化。但是如果让他自由地学习，充分地发挥他的主观能动性，那效果一定会好得多！"

台下欢声雷动，为陶先生形象的演讲开场白叫好。

对知识的主动获取肯定比被动的填鸭式灌输更能取得效果。所以，对待学习要积极主动，充分发挥我们的主观能动性。

中小学生课间十分钟阅读系列丛书

责难和皮鞭造就的大师

巴尔扎克是法国历史上最杰出的现实主义作家。

他于 1799 年 5 月 20 日出生在法国西部的图东城。他的父亲是个金融家,在政府做官,母亲比父亲小 32 岁,对子女漠不关心。所以,巴尔扎克从小就没有感受到家庭的温暖,还经常受到母亲的呵斥。

8 岁那年,巴尔扎克被送到一所教会办的学校读书。这所学校对学生非常严厉,经常进行体罚。巴尔扎克那时候正是调皮的年龄,经常不守规矩,比如排队行走时,他有时走得慢,有时又走得很快,上课听讲也常常走神发愣,所以他挨打的次数特别多。老师看他长得比较胖,学习成绩又不太好,就骂他:"这个孩子整天呆呆的,又懒又笨,简直不可造就。"

巴尔扎克在家里受到冷淡,在学校里又受责难和鞭打,无处诉说,渐渐地养成了沉默寡言的性格。幸好,他认识学校里的一个图书管理员,那人对他非常好,经常把他叫去,问他有什么困难,还为他补习功课。他对巴尔扎克说:

"你要是喜欢看书,就来找我,我借给你。"

"太好了。我以后会常来借书的。"

从此,巴尔扎克就经常到图书馆借书看。虽然年纪小,可他读书的兴趣很浓,哲学、历史、神学、科学……什么书都要读一读。对文学名著,他更是爱不释手。教师都没有看出来,这个看上去很笨的学生,实际上有着极强的记忆力和分析能力。巴尔扎克读书的速度很快，他并不是一个字一个字地死读，而是注意抓住书里的中心内容，着重理解。对于书里的人名、地名、对话、故事经过，他都记得非常牢固。

就这样，少年时代的巴尔扎克虽然没有感受到家庭的温暖，又常被学校责罚，可内心世界却十分丰富。他掌握了许多知识，为日后从事写作打下了坚实的基础。

心灵感悟

没有家庭的温暖和长辈的鼓励，在家庭和学校都放弃了巴尔扎克的时候，他却抓住了一道学习的曙光，灵活学习，贪婪地吸收知识，并最终在文坛上留下了不朽的贡献。而我们有父母的殷切期望，有老师的耐心教导，有宽松的学习环境，还有什么理由不好好珍惜学习的时光呢？

保持生活和学习的热情

当齐格在纽约市戴尔·卡耐基学院做教员的时候，遇到一个十分杰出的推销员。他名叫埃德·格林，那时已 60 多岁了。他的年收入大约为 7.5 万美元。

一天晚上下课后，齐格要和埃德谈谈，并且很直率地问他，为什么要选这门课，因为教课的 3 个老师的薪水加起来也不比埃德的多。

埃德笑着回答说："齐格，让我先给你讲个小故事：

"当我还是一个小男孩的时候，有一次我的爸爸带我参观了我们家的菜园。爸爸可以说是当时那个地区最好的园丁，他在园子里辛勤耕作，热爱它，并且以自己的成果为荣。当我们参观完之后，爸爸问我们从中学到了什么？"

埃德继续笑着说："而我当时只能看出来爸爸显然在这个园子里很下了一番工夫。对这个回答爸爸有些沉不住气了，他对我说：'儿子，我希望你能够观察到当这些蔬菜还绿着时，它们还在生长；而一旦它们成熟了，就会开始腐烂。'"

埃德讲完这个故事后，说："你知道，我一直没有忘记这件事，我来上这门课是因为我认为自己能从中学到些什么。坦白地说，我确实从其中一节课中学会了一些东西，那使我完成了一笔生意并得到了上万美元，而我曾花了两年多的时间试图做成它。我所得到的这笔钱能够付清我这一生接受促销培训的所有花费。"

■ 心灵感悟

只有对一样事物投入足够的热情，才能做得更好。如果说学习是一辆车，那么热情就是汽油，缺了汽油的车怎么能发动呢？时刻保持生活上的热情，才能对充实自己、不断学习感兴趣。